레이디 수잔
Lady Susan

제인 오스틴

Jane Austen

Lady Susan

차 례

작품소개

제인 오스틴의
사후 발표작 국내 최초 소개!

40여 편의 편지에 담긴 생생한 이야기와
그 속에서 찾을 수 있는 매력적인 인물들

《레이디 수잔》은 제인 오스틴이 채 스무 살도 되지 않은 아주 초기에 처음으로 쓴 작품이자, 유일한 서간체 소설이다. 제대로 완성되지 않은 미숙한 습작이라고 치부하기에는 이 작품이 작가의 이후 대표작들에 끼친 영향은 매우 크다. 제인 오스틴의 작품에 공통적으로 찾아볼 수 있는 특징이 이 초기 소설에도 고스란히 들어있기 때문이다.

먼저, 여성이 남성을 바꿔놓을 수 있다는 작가의 생각이 담긴 러브 스토리가 이 작품에도 등장한다. 다만 이 작품은 연약한 여성이 아니라 예외적으로 매우 당찬 여성이 주인공이라는 차별점이 있다. 전혀 도덕적이지 않고 속물스럽고 이기적인 여주인공을 내세웠다는 면에서 미숙한 작품이라고 평가하는 사람도 있지만, 당시 가부장적인 시대에 살아가는 한 여인이 주위 시선에 아랑곳 않고 당당하게 자기 인생을 개척해 나가는 모습에서 오히려 다른 의미를 찾을 수 있다는 목소리가 더 크다. 여성의 위치가 과거와 많이 달라진 오늘날, 레이디 수잔 같은 여주인공이 다른 작품에서도 여전히 많이 등장한다는 사실도 그 주장에 힘을 실어준다.

두 번째 특징으로, 제인 오스틴의 작품에서 찾아볼 수 있는 매력적인 등장인물들이 이 소설에도 그대로 등장한다. 40여 편의 편지 속에서 등장인물들은 관찰자적인 시선에서 그려지지만, 그 생동감이나 매력은 결코 떨어지지 않는다. 특히 편지라는 매체를 통해 팽팽하게 대치하며 힘겨루기를 하는 두 여인은 매우 흥미롭다. 주로 이야기를 끌어가는 두 여인 외에도 이 소설에 등장하는 다른 인물들이 작가의 이후 작품 속에서 어떤 인물들과 연결되는지 찾아보는 재미도 쏠쏠하다.

무엇보다 이 작품이 작가가 어린 시절에 쓴 첫 작품이라는 사실을 감안하면, 시기와 등장인물, 내용을 살펴봤을 때 비교적 짧은 이 소설이 작가의 다른 작품에 준 영향은 결코 무시할 수 없다. 비록 제인 오스틴이 생전에 제대로 완성해 출간하지 못한 미발표 작품이지만, 그동안 국내에 제대로 소개되지 않았던 작품을 재조명한다는데 이 책의 의의를 둔다.

> 그동안 국내에 소개되지 않았던 제인 오스틴의 첫 작품이자,
> 유일한 서간체 소설. 후에 《맨스필드 파크》의 모태가 된 작품

그동안 《레이디 수잔》은 제대로 완성되지 않은 미숙한 습작이라는 오명을 쓰고 국내에 제대로 소개되지 않았다. 하지만 이 작품은 제인 오스틴이 채 스무 살도 되지 않았던 매우 초기에 쓴 첫 작품이자 유일한 서간체 형식의 소설로, 등장인물에 대한 섬세한 표현에서 찾아볼 수 있듯이 작가의 후기 작품에 큰 영향을 미치고 있다. 특히 이 소설은 학계에서 《맨스필드 파크》의 모태가 된 작품이라고 연구될 만큼 중요한 작품으로 재평가되고 있다.

> 제인 오스틴이 그린 최초의 여주인공은
> 전혀 도덕적이지 않은 악녀이자 팜므파탈?!

레이디 수잔은 그동안 제인 오스틴의 작품에 등장했던 도덕적이고 순수한 여주인공들과는 완전히 다른 인물이다. 전혀 도덕적이지 않고 속물스럽고 이기적인 팜므파탈로 공공의 적 같은 인물이다. 하지만 주위 시선에 아랑곳하지 않고 당당하게 자기 인생을 개척해가는 레이디 수잔은 결코 미워할 수 없는 매력적인 인물이다. 200여 년 전에 등장한 여주인공이지만, 21세기 우리 사회에서도 쉽게 찾아볼 수 있는 악녀와 크게 다르지 않다는 사실이 놀랍다.

짧은 40여 편의 편지에 그려진
두 여인의 팽팽한 힘겨루기와 매력적인 등장인물들

여러 사람이 주고받은 짧은 40여 편의 편지 속에는 매력적인 인물들이 등장한다. 편지라는 관찰자적 시각에서 그려지지만 인물의 생동감이 떨어지기는커녕 오히려 주변인물의 설명을 통해 그 매력이 한층 더 생생해진다. 이 작품의 등장인물들이 제인 오스틴의 이후 작품에 등장하는 인물들과 어떻게 연결되는지 찾아보는 재미도 쏠쏠하다. 무엇보다 이 작품에는 두 여인의 팽팽한 힘겨루기가 흥미롭게 나타난다. 겉으로는 의중을 드러내지 않는 두 여인이 편지라는 특수한 매체를 통해 자기 속마음을 털어놓고 있는 형식이다. 상대에게 넘어가지 않으려고 기싸움하는 두 여인의 흥미진진한 암투는 작가의 다른 작품에서는 찾아보지 못한 새로운 즐거움이기도 하다.

레이디 수잔의 대사

"타인의 우월함을 인정하지 않는 오만한 사람을 변화시키다보면
강렬한 희열이 느껴지죠."

"그 아이는 스스로를 순진하고 어리석게 만들어 모든 남자들이
자기를 얕보게 만드는 거예요."

"그제야 무언가 조치를 취해야 한다는 사실을 깨달았죠.
성격이 엄청 난폭하고 복수심에 불타는 남자가 제멋대로 나를
판단하게 놔둘 수는 없잖아요. 그렇게 나쁜 인상을 남긴 채 그를
떠나보내면 내 명성에 도움이 되지 않으니까요."

"여전히 이따금 그 결혼에 대해 의문이 생긴답니다. 늙은
드 쿠르시 공이 곧 죽는다면 망설일 이유가 없지만, 그렇지 않은
상태에서 드 쿠르시 공의 의지에 따라 좌지우지 되는 상황이
내 자유로운 영혼과는 어울리지 않거든요."

등장인물

버논 家 *Vernon* (처치힐 거주)

레이디 수잔 __귀족인 버논가에 시집갔으나 얼마 전 남편을 여읜 미망인. 경제적으로 넉넉하지 않지만, 아름다운 미모만 믿고 남자라면 누구나 유혹할 수 있다고 자신하는 속물. 자신의 재혼과 딸의 결혼이 주요 관심사다.

프레데리카 버논 __레이디 수잔의 딸로 속물인 어머니와 달리 진실한 사랑을 원한다.

찰스 버논 경 __ 레이디 수잔의 시동생으로 처치힐에서 살고 있다.

버논 부인 __ 찰스 버논의 부인으로 레이디 수잔과 동서관계다. 드 쿠르시 가문의 딸로 레이디 수잔한테 빠져든 남동생과 더불어 어머니의 사랑을 제대로 받지 못한 조카 프레데리카를 걱정한다. 레이디 수잔이 가장 적대적으로 생각하는 인물이다.

드 쿠르시 家 *De Courcy* (파크랜드 거주)

레지날드 드 쿠르시 (아들) __버논 부인의 남동생으로, 애초에는 안 좋은 소문을 듣고 레이디 수잔을 경멸해왔지만, 직접 만난 후 그녀와 사랑에 빠져 온 가족을 걱정시킨다.

레지날드 드 쿠르시 공 (아버지) __버논 부인과 레지날드의 아버지로 신분이 높고 재산이 많은 귀족이다. 파크랜드라는 영지에서 살고 있으며, 레이디 수잔한테 관심을 보이는 아들을 엄중히 대한다.

레이디 드 쿠르시 (어머니) __버논 부인과 레지날드 경의 어머니로, 딸과 편지를 주고받으며 레이디 수잔과 사랑에 빠진 아들을 걱정한다.

존슨 家 *Johnson* (런던 거주)

존슨 부인 (알리시아 존슨) __레이디 수잔이 속마음을 털어놓는 가장 친한 친구. 나이 차가 많이 나는 부자 존슨 경과 결혼해 런던에 산다. 레이디 수잔과 비슷하게 속물근성이 있다.

존슨 경 __알리시아 존슨의 남편이자 맨워링 부인의 후견인으로, 아내의 친구인 레이디 수잔을 싫어한다.

⁙⁙⁙

맨워링 家 *Mainwaring* (랭포드 거주)

맨워링 경 __랭포드에 사는 유부남으로 훤칠하고 부드러운 외모로 레이디 수잔과 서로 호감을 느끼고 있다. 이혼 후 레이디 수잔과 결혼하고 싶어 하지만, 부인의 재산 외에는 무일푼이라 행동으로 옮기지 못하는 처지다.

맨워링 부인 __레이디 수잔에게 관심을 두는 남편 때문에 전전긍긍하는 부유한 상속녀.

마리아 맨워링 양 __맨워링 경의 여동생으로 제임스 마틴 경과 결혼하길 바라지만, 레이디 수잔 때문에 결혼이 어그러지고 노처녀가 된다.

기타 (랭포드 거주)

제임스 마틴 경 __레이디 수잔이 사윗감으로 점찍었으나, 정작 레이디 수잔을 좋아하는 철없는 부자 젊은이.

등장인물 관계도

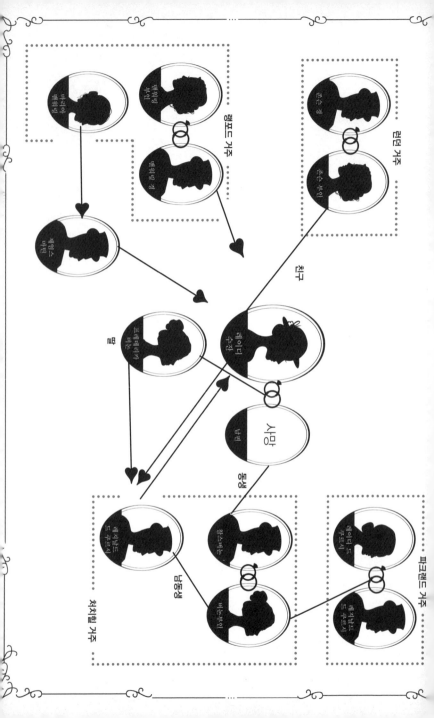

랭포드 가주

메리앤
로완

프루던스
랭퍼드 경

랭퍼드 경 부인

밀턴 가주

존슨 경

존슨 부인

메리앤
마틴

친구

프로덴스
바촌

딸

레이디
수잔

남편

사만

자바힐 가주

레지널드
드 쿠르크시

챔스워드

바촌 부인

남동생

동생

파크랜드 가주

레지널드
드 쿠르크시

레지널드
드 쿠르크시

편지글

1-41

I

레이디 수잔이
시동생 버논 경에게

12월, 랭포드에서.

안녕하세요, 서방님. 전에 처치힐에서 제가 몇 주 머무르다 헤어질 때, 서방님이 말씀하셨던 친절한 초대에 기쁜 마음으로 응하려고 해요.

서방님 내외가 괜찮으시면, 며칠 있다가 처치힐을 방문하려 합니다. 오래전부터 동서를 만나고 싶었는데, 이번 기회에 서로 친해지면 좋겠어요. 여기 랭포드에 있는 친구들이 좀 더 오래 머물라고 다정하게 권하기는 하지만, 사람들이 워낙 친절하고 쾌활하다 보니 현재 제 처지와 심경에 맞지 않게 사교계 행사에 너무 자주 참석하게 돼서요. 이 상황에서 벗어나고 싶어 서방님 가족이 있는 아름다운 처치힐에 갈 날만 손꼽아 기다리고 있답니다.

귀여운 조카들도 제가 방문하는 사실을 알고 있었으면 좋겠네요. 큰맘 먹고 용기를 내서 딸아이와 떨어지기로 마음먹었는데, 조카들이라도 마음을 열어준다면 위안이 될 것 같거든요. 남편이 오랫동안 병석에 누워 있었기 때문에 딸아이에게 제대로 관심을 뒤 주지 못했어요. 엄마로서 본분도 다하지 못했고 충분히 사랑해주지도 못했죠. 그래서 아이에게 보상하고 싶은 마음에 런던에서 가장 좋은 사립학교에 보내기로 했답니다. 가정교사를 붙이자니 아무래도 무책임할까 봐 걱정되더군요. 처치힐 가는 길에 그 아이를 학교에 데려다줄 생각이에요. 하지만 서방님도 아시다시피 제가 처치힐에 가도 될지 모르겠네요.

괜히 서방님을 괴롭히는 것은 아닌지 걱정하느라, 답신이 올 때까지 괴로운 시간을 보내겠네요.

언제나 서방님에게 고마워하는 형수,
수잔 버논.

II

레이디 수잔이
친구 존슨 부인에게

랭포드에서.

알리시아, 내가 남은 겨우내 랭포드에서 지낼 거라는 네 추측은 틀렸어. 안타깝게도 최근 석 달 동안 어느 때보다 힘들게 지냈다는 소식을 전해야겠구나. 사실 요즘 제대로 되는 일이 하나도 없단다. 여기 맨워링 가문 여자들이 똘똘 뭉쳐 나를 미워하고 있거든. 내가 랭포드에 간다고 했을 때 네가 예상했던 그대로야. 물론 맨워링 경이야 걱정할 필요 없이 굉장히 유쾌한 사람이지. 랭포드로 가는 길에 혼자 되뇌었던 말이 생생하게 기억나는구나. "맨워링 경은 좋은 사람이야. 그곳에서 마음의 상처를 받지 않도록 하늘에 기도하자."

남편을 잃은 지 겨우 넉 달 지난 내 처지를 잊지 않고 가능한 한 조용히 지내야겠다고 결심했었지. 친구야, 그리고 정말 그렇게 지냈어. 맨워링 경 말고는 다른 어떤 남자의 관심도 끌지 않으려고 노력했어. 여러 남자들이

치근거려도 모두 다 피해 다녔다고. 여기에 모인 많은 사람들 중에 따로 눈길을 준 사람은 없어. 제임스 마틴 경만 제외하면. 사실 그것도 제임스 경을 맨워링 양으로부터 구해주려고 잠깐 호의를 베푼 거지. 내 진짜 목적을 안다면 세상은 오히려 나를 존경할걸. 세상은 나를 몰인정한 엄마라고 손가락질하지만, 엄연히 딸을 위하는 모성애를 발휘해 행동한 거였으니까. 내 딸이 세상에서 제일가는 숙맥만 아니었어도 아마 지금쯤 이 엄마가 애쓴 노력을 보상받았을 거야.

결국, 제임스 경이 내 딸 프레데리카와 결혼하겠대. 그런데 내 인생 최대 골칫거리인 프레데리카는 결혼과 담을 쌓기로 작정했나 봐. 하긴 지금 상황에서는 그러는 편이 낫다고 나도 동감해. 차라리 내가 제임스 경이랑 결혼할 걸 그랬다고 몇 번이나 후회했는지 몰라. 제임스 경이 그렇게 한심하게 굴지만 않았어도 정말 그랬을지 모르지. 하지만 그런 면에서 나는 꽤 낭만적인 사람이야. 아무리 돈이 많다 해도 그것만으로는 충분하지 않으니까. 이런 모든 상황이 나를 짜증나게 하는구나. 제임스 경은 떠났지, 그를 좋아했던 마리아 맨워링 양은 화를 엄청 내고 있지. 게다가 맨워링 부인은 내가 견디지 못할 만큼 질투하면서 격분하고 있어. 나한테 불같이 화가 났으니 자기 처지를 하소연하러 후견인을 찾아간다 해도 그리 놀랍지 않을 거야. 참, 맨워링 부인의 후견인이 네 남편인 존슨 경이라는 사실은 이미 알고 있지? 그 여자가 결혼하고 나서 두 사람이 연락을 끊고 지낸다는 사실이 정말 다행이지 싶다. 두 사람 관계가 지금처럼 계속 소원하면 좋겠어. 그렇게 되도록 네가 힘 좀 써.

여하튼 요즘 내 처지가 이렇게 서글프단다. 아무리 시시각각 변하는 게 세상사라지만, 여기서 열리는 모든 사교계 행사가 이제 나한테는 전쟁터가 돼버렸어. 맨워링 경은 감히 나한테 말 붙일 엄두조차 못 내고 있거든. 이곳을 떠나야 할 시간이 됐나 봐. 그래서 떠나기로 결심했어. 이번 주 내로 런던으로 갈 생각이니, 모쪼록 널 만나 마음 편히 지내면 좋겠구나. 지금까지 그랬듯 존슨 경이 나를 집으로 초대하지 말라고 하면, 위그모어 가 10번지로 와. 하지만 네가 날 만나는 일이 문제 되지 않으면 좋겠다. 단점이 많은 존슨 경이긴 하지만, 어쨌든 항상 '존경스럽다'는 수식어가 따라다니는 사람이잖아. 그 사람이 아무리 나를 불편한 시선으로 경멸한다 해도 그 사람 부인인 네가 내 친구라는 사실은 변하지 않으니까.

지긋지긋한 시골 처치힐로 가는 길에 런던에 들를 생각이야. 친애하는 알리시아, 처치힐에 가려는 나를 용서해. 하지만 그곳이 내 마지막 보루란다. 영국에서 나를 반겨줄 만한 다른 데가 있다면 분명히 그곳으로 갈 거야. 난 시동생 찰스 버논 경도 싫고 동서는 두렵기까지 해. 하지만 미래가 조금 나아질 때까지 어쩔 수 없이 처치힐에서 지내야만 하는 게 내 처지라니까. 딸아이는 런던까지만 데리고 가려고. 그 아이가 더 철들 때까지 위그모어 가에 있는 서머스 양한테 맡길 생각이야. 그곳에서라면 딸아이도 좋은 가문에서 자란 다른 여자아이들처럼 좋은 인연을 만드는 법을 배울 테니까. 어마어마한 비용이야 내가 감당하기 힘든 수준이지만.

  이만 줄일게. 런던에 도착하면 바로 편지 쓸게.

너의 친구,

수잔 버논.

III

버논 부인이
어머니 레이디 드 쿠르시에게

처치힐에서.

사랑하는 어머니, 크리스마스를 함께 보내기로 한 약속을 지키지 못하게 돼서 정말 죄송해요. 전혀 득 되지 않을 일 때문에 우리 가족의 행복을 포기하게 생겼답니다. 하지만 정말 어쩌지 못하고 이렇게 됐어요.

레이디 수잔이 느닷없이 제 남편한테 우리 집을 방문하겠다고 편지로 선언해버렸거든요. 자기 편하자고 오는 게 분명할 텐데 대체 얼마나 있다 갈지 상상도 안 된다니까요. 그런 방문에는 준비도 전혀 안 돼 있을뿐더러, 자기 신분을 과시하려는 그 여자 태도도 도저히 이해가 안 되거든요. 그 여자한테는 랭포드야말로 모든 면에서 딱 맞는 곳이었을 텐데. 우아하고 사치스러운 스타일은 물론이고, 그 여자가 맨워링 경한테 보여준 특별한 태도만 해도 그렇잖아요. 이렇게 일찍 우리를 찾아올 줄은 몰랐어요. 시아주버님이 돌아가신 뒤로 우리랑 가깝게 지내려는 그 여자를 언젠가는 받아들여야 한다고 각오야 했지만, 아직은 시간이 있는 줄 알았거든요. 스태퍼드셔에 있을 때 남편이 그 여자한테 너무 잘해줬나 봐요. 평소 성격이야 그렇다 쳐도 그 여자가 우리 결혼 초부터 내 남편을 대해온 태도는 견디지 못할 만큼 교활하고 비열했어요.

아무리 화가 나더라도 상냥하고 온화하게 응대하는 남편 같은 사람이 아니었다면 절대 그냥 넘어가지 않았을 거예요. 형수가 과부가 됐으니 어려울 때 금전적으로 도움을 주는 거야 당연하지만, 굳이 처치힐로 초대까지 해야 했는지 도무지 이해할 수가 없네요. 하긴 남편이란 사람은 항상 모두를 좋게만 보니까요. 아마 레이디 수잔이 과거가 후회되고 앞으로는 신중하게 행동할 거라면서 겉으로 슬퍼하니까 남편도 화난 마음이 누그러져 그 여자가 진심일 거라고 믿었겠죠. 편지에 쓴 이야기가 그럴듯해 보이지만 저는 여전히 미심쩍답니다.

우릴 방문하는 진짜 속셈이 뭔지 알기 전까지는 계속 그럴 것 같아요. 제가 어떤 심정으로 레이디 수잔을 기다리는지 이제 어머니께서도 아시겠죠. 그 여자는 기회가 있을 때마다 자기 매력을 총동원해 제 관심을 얻으려고 할 거예요. 특별한 일이 생기지 않는 한, 저는 영향을 받지 않으려고 분명히 방어적으로 대할 거고요. 그 여자는 저랑 친하게 지내고 싶다면서 상냥한 말투로 우리 아이들을 언급하더라고요. 하지만 자기 자식한테 그렇게 막 대하는 여자를 믿을 만큼 어리석진 않아요. 제 자식에게도 안 그러는데 어떻게 우리 아이들한테 사랑을 주겠어요. 처치힐로 오기 전에 버논 양을 런던에 있는 학교로 보낸다는 사실이 참 다행스럽답니다. 조카를 위해서도 그렇고 저한테도 좋은 일이니까요. 자기 엄마랑 떨어져 지내는 편이 분명히 그 아이한테도 더 나을 거예요. 그런 엄마한테서 교육을 형편없이 받았을 열여섯 살짜리 여자아이는 이곳에서 환영받는 손님이 되진 못할 테니까요.

　레지날드가 매혹적인 레이디 수잔을 그토록 보고 싶어했으니, 이 소식을 들으면 우리 집에 한번 오라고 하세요. 아버지께서 건강하시다는 소식을 들어서 기쁩니다.

애정을 담아,
캐서린 버논.

IV

레지날드 드 쿠르시가
누나 버논 부인에게

파크랜드에서

사랑하는 누나, 영국에서 가장 요염한 여자를 가족으로 받아들이게 된 걸 축하해. 레이디 수잔의 바람기가 유명하다는 소문이야 익히 들었지만, 우연히 얼마 전에 그 여자가 랭포드에서 저지른 일을 몇 가지 더 알게 됐어. 다른 사람들처럼 가볍게 외도를 즐기는 수준이 아니라 한 집안을 풍비박산 내는 데 희열을 느끼는 여자 같더군. 맨워링 경한테 접근해서 그 부인을 질투와 절망에 빠지게 하더니, 맨워링 경의 여동생이랑 마음을 나눈 젊은 남성까지 눈독을 들여 사랑스러운 소녀한테서 연인을 빼앗았대.

이웃에 사는 스미스 경이 모두 말해준 이야기야. 참고로, 그 사람과는 허스트와 윌포드에서 만찬을 함께 들면서 인연을 맺었어. 얼마 전 스미스 경이 랭포드에 다녀왔는데 레이디 수잔과 2주나 같이 지내면서 많은 이야기를 나눴더라고.

세상에 그런 여자가 있다니! 어떤 여자인지 정말 궁금해. 그러니 누나의 친절한 초대에 당연히 응해야지. 젊지도 않은데 한 집안 두 남자를 동시에 사로잡은 그 황홀한 힘을 직접 확인하고 싶거든. 버논 양이 자기 어머니랑 처치힐에 동행하지 않아 다행이야. 자기 어머니한테 데려가 달라고 청할만한 인물도 아닌 것 같지만. 스미스 경의 말로는 버논 양이 재미도 없고 거만한 사람이래. 오만한 데다 우둔하기까지 한데 그걸 어떻게 숨기겠어. 아마 버논 양은 끊임없이 멸시를 당할 거야. 아무튼, 레이디 수잔이 매혹적인 태도로 다른 사람을 기만하는 모습을 직접 구경한다면 정말 재밌겠군. 이른 시일 내에 누나와 함께할게.

다정한 동생,
R. 드 쿠르시.

V.

레이디 수잔이
친구 존슨 부인에게

처치힐에서.

내 소중한 친구, 알리시아. 런던을 떠나기 직전에 네 편지를 받았어. 전날 밤 네가 한 거짓말을 존슨 경이 눈치 채지 못해서 정말 다행이야. 절대 고집을 꺾지 않는 사람이니 솔직하게 얘기하지 말고 확실하게 속이는 편이 더 나아. 나는 처치힐에 무사히 도착했어. 버논 경이 환대해 주었지. 하지만 동서의 태도는 솔직히 말해 별로 만족스럽지 않았어. 좋은 집안에서 교육을 제대로 받은 상류층 분위기가 많이 나지만, 버논 부인의 태도는 내 호감을 얻기엔 부족해. 동서가 나를 만나 기뻐하길 바랐거든. 그래서 기회가 될 때마다 다정하게 대하려고 노력했는데 모두 허사였어. 그 여자는 날 좋아하지 않더라고. 예전에 자기 결혼을 말리려고 한 사람이니까, 그런 태도도 놀랍지는 않아. 하지만 결국 성공도 못 한 6년 전 일 때문에 이렇게 대하는 걸 보니, 앙심을 품은 동서가 앞으로 얼마나 편협하게 굴지 충분히 짐작된다.

우리 부부가 버논 성을 팔아야만 했을 때, 시동생이 그걸 사지 못하게 막았던 일이 이따금 후회돼. 하지만 그때는 힘든 시기였고, 특히 찰스의 결혼 시기와 정확히 겹쳤던 때였으니까. 다들 이해하지 못했지만, 남편의 자존심에 흠집 내면서까지 집안 재산을 시동생한테 넘기고 싶지 않았거든. 그때 찰스가 독신으로 우리랑 같이 살면서우리 가족이 버논 성을 떠나지 않을 수 있었다면, 기꺼이 찰스에게 성을 팔게 했을 거야. 하지만 찰스는 드 쿠르시 양이랑 결혼하려던 때였으니 결과적으로 내 판단이옳았던 거지. 설사 시동생이 버논 성을 샀다 해도 나한테 좋은 일이 뭐 있겠어? 지금 이렇게 부인이랑 많은 아이들까지 함께 잘살고 있는데. 찰스가 버논 성을 사지 못하게 막았던 일도 분명히 동서한테 나쁜 인상을 심어줬을 거야. 나를 싫어하는 사람이 있는 곳이지만, 내가 여기서 지내야 하는 이유는 충분해. 버논 경이 금전적인 문제에 분명히 도움을 줄 테니까. 사실 시동생이 너무 쉽게이용당하는 편이라 걱정이 좀 되긴 해! 여기 저택은 아주좋아. 유행하는 가구도 있고 모든 것이 풍족하고 우아해.한때 금융회사 높은 자리에 있었던 사람인만큼 시동생의 재산이 엄청나다는 소문은 진짜 같아. 그런데 버논 가족은 정작 그 돈을 어떻게 써야 하는지 모르고 있어. 보잘것없는 작은 회사나 운영하면서 출장 말고는 런던에 통 가질 않아. 정말 바보 같다니까! 우선 조카들로 동서의 마음을 풀어 볼 생각이야. 이미 아이들 이름은 전부 외웠어. 특히 어린 프레데릭한테 애정을 많이 주려고. 그 아이를 내 무릎 위에 앉혀놓고 가만히 보고 있노라면 죽은 남편이 떠오르거든.

불쌍한 맨워링 경! 그를 얼마나 그리워하며 계속 생각하고 있는지 굳이 말하지 않아도 넌 알 거야. 처치힐에 도착해서 그가 쓴 우울한 편지를 받았단다. 그 편지에는 부인과 여동생에 대한 불만과 잔인한 자기 운명에 대한 비통함이 가득했지. 버논 부부한테는 맨워링 부인이 보낸 편지라고 얼버무렸어. 맨워링 경한테 답장을 쓸 때에는 어쩌면 널 핑계 삼아야 할지도 몰라.

영원한 친구,
수잔 버논.

VI.

버논 부인이
동생 드 쿠르시에게

처치힐에서,

사랑하는 레지날드에게. 그 위험한 여자가 도착했단다. 가까운 시일 내에 네가 직접 그 여자의 넘치는 매력을 확인하길 바라지만, 먼저 몇 가지 설명을 해줘야 할 것 같구나. 매혹적이라기엔 나이가 많지 않으냐고 물을지도 모르지만, 사실 나는 레이디 수잔처럼 아름다운 여자는 처음 봤단다. 피부가 하얗고 눈은 매력적인 회색인 데다 속눈썹까지 진해. 외모로는 스물다섯 정도로밖에 보이지 않아. 실제로 열 살은 더 많은데 말이야.

아름답다는 소문을 항상 들었던 터라 나까지 찬사를 보태고 싶지 않았어. 하지만 눈부신 외모에 유창한 말솜씨, 그리고 우아함까지 겸비한 보기 드문 미인이라는 사실은 부정하지 못하겠구나. 그 여자는 나한테 정말 친절하고 솔직했단다. 다정하기까지 했어. 그 여자가 우리 결혼을 항상 반대해왔다는 사실을 모르고 처음 만난 거라면 정말 친한 친구가 됐을 거야. 보통 아무리 당당하고 요염하게 행동하는 여자일지라도, 천성적으로 태도가 무례한 사람은 언사도 무례할 거로 생각하잖니.

적어도 나는 레이디 수잔이 보여줄 그런 뻔뻔한 태도에 잘 대비해왔다고 생각했어. 하지만 그 여자의 표정은 다정한 데다 목소리랑 태도도 정말 온화하단다. 내 예상과 달라서 당황스럽지만 모두 속임수가 아니면 뭐겠니? 안타깝게도 난 그 여자를 너무 잘 알고 있으니까. 그 여자는 영리하고 상냥한 데다 상식도 풍부해서 대화를 아주 쉽게 이어나간단다. 게다가 말도 너무 잘해서 검은색도 흰색이라고 믿게 할 정도로 표현력도 뛰어나. 하마터면 나도 딸을 정말 사랑하는 여자라고 생각할 뻔했다니까.

오랫동안 그 반대라고 확신해왔는데도 그랬어. 어쩌지 못하는 상황이어서 그동안 딸 교육에 신경을 쓰지 못한 것이 너무 애통하다고 얼마나 다정하고 걱정스럽게 말하던지. 그 여자가 스태퍼드셔에서 조카를 하인과 가정교사한테 맡겨두고, 레이디라는 지위를 이용해 얼마나 오래 도시생활을 즐겼는지 기억해내려고 애를 써야 할 정도였다니까. 안 그랬으면 그 여자가 말하는 그대로 믿었을 거야. 그 여자를 정말 싫어하는 나조차 그렇게 영향을 받을 정도인데 사람 좋은 네 매형한테는 얼마나 잘 통하겠니. 너도 충분히 잘 알 거로 생각한다. 나도 네 매형처럼 너그럽게 받아들이면 좋겠지만, 설사 그렇게 못 되더라도 랭포드를 떠나 처치힐로 온 것은 순전히 자기 선택이니까 그 여자가 감수해야지. 랭포드 친구들의 생활 방식이 자기가 처한 상황이나 심정에 맞지 않는다는 사실을 뒤늦게 깨닫는 게 아니라, 애초에 그곳에 가지 말고 여기로 바로 왔어야 했으니까. 그랬다면 아마 남편을 잃어서 그런 거라고 이해했을 거야.

원래 행실이 바른 사람은 아니었지만, 남편이 죽었으니까 당분간 은둔하면서 지내려고 여기에 왔다고 말이야. 하지만 결코 짧지 않은 시간을 맨워링 가에서 지내다 왔다는 사실은 절대 잊으면 안 되겠지. 여기 생활이 그곳과 많이 다르지만, 그 여자는 잘 받아들이는 것처럼 보여. 자기를 특별하게 대해줬던 맨워링 가족을 떠나 여기에 온 진짜 속셈이 도덕적으로 얌전히 지내면서 세간의 평판을 회복시키려는 게 아닌가 싶어. 조금 늦긴 했지만.

참, 레이디 수잔이 맨워링 부인과 정기적으로 편지를 주고받는 걸 보면 스미스 경이 한 이야기도 그리 정확해 보이진 않구나. 아마 과장됐겠지. 아무리 그래도 한 집에서 두 남자한테 추파를 던질 만큼 끔찍하게 형편없는 사람이라는 생각은 안 들거든.

누나가,
캐서린 버논.

VII.

레이디 수잔이
친구 존슨 부인에게

처치힐에서.

알리시아, 내 딸 프레데리카를 정말 친절하게 대해줬더구나. 네가 보여준 따뜻한 우정에 정말 고마워. 엄마인 나보다 내 딸을 훨씬 더 따뜻하게 대해주다니. 예쁜 구석은 하나도 없는 어리석은 그 아이한테 말이야. 나 때문에 괜히 사람을 시켜 그 아이를 데려가느라 귀한 시간을 빼앗지는 않았는지 걱정되네. 딸아이가 서머스 양 집에서 교육받는 동안 나 역시 널 자주 찾아가고 싶지만, 갈 때마다 교육비로 써야 할 돈이 많이 줄어들어 그러지는 못해. 나를 닮아 어느 정도 소질도 있고 들어줄 만한 목소리까지 갖췄으니, 프레데리카가 감각적으로 자신 있게 노래하고 악기도 연주하면 좋겠어.

나는 어린 시절에 억지로 끌려 다니기는커녕 어느 자리에서든 마음껏 즐겼었지. 그 덕분에 요즘 시대에 예쁜 아가씨들이 갖춰야 하는 소양이 없어도 잘 살잖아. 모든 언어에다 예술, 과학까지 완벽히 공부해야 한다는 지금 유행에 굳이 맞출 필요는 없다고 생각해. 여자가 프랑스어, 이탈리아어, 독일어를 공부하는 것은 시간 낭비 같거든. 음악, 노래, 그림으로 소양을 쌓으면 찬사를 받긴 하지만, 그렇다고 그 여자한테 반하는 남자가 많아지는 것도 아닌데 말이야.내 생각에는 품위와 예절이 가장 중요하거든. 그래서 프레데리카도 더 깊이 배워야 한다고 생각하지 않아. 사실 그 아이가 세상일을 잘 이해할 때까지 학교를 오래 다니게 할 생각도 없고. 그저 열두 달 안에 제임스 경과 결혼하기만 바라고 있어.

내가 재산이 많은 사윗감을 기대하는 것은 너도 잘 알잖아. 프레데리카 또래 소녀들이 학교를 더 다녀봤자 굴욕감만 생겨. 그건 그렇고, 나는 내 딸이 별로 달갑지 않은 자기 처지를 깨달으면 좋겠어. 그러니 그 아이가 굴욕감을 가능한 좀 더 많이 느낄 수 있도록 더는 네 집에 초대하지 않기를 부탁할게. 나는 언제든지 제임스 경이 내 딸과 결혼해야 하는 이유를 확실하게 기억하게 할 자신이 있거든. 그래서 너한테 부탁할 게 있어. 그가 런던에 왔을 때 다른 사람한테 호감을 느끼지 않게 해줘. 그리고 가끔 네 집에 들러달라고 청해주겠니? 네가 제임스 경을 초대해서 프레데리카에 대해 이야기를 나눈다면 아마 그 아이를 잊지 않을 거야. 나는 내가 딸아이의 결혼을 추진하는 방법이 전반적으로 옳다고 생각해. 신중하지만 다정하게 적절한 선을 지키고 있다고 믿으니까. 딸에게 좋은 혼처가 들어오면 단번에 승낙하라고 강요하는 엄마들도 있지만, 프레데리카가 이렇게 반항하는 상황에서 억지로 몰아붙이고 싶진 않아. 대신 제임스 경의 청혼을 받아들일 때까지 주변 상황을 철저히 불편하게 만들어, 그 아이 스스로 결혼을 선택하도록 유도할 거야. 성가신 그 아이라면 그렇게만 해도 충분할 테니까.

알리시아, 아마 지금쯤 내가 어떻게 용케 처치힐에서 버티고 있는지 궁금하겠지? 첫 주는 견디지 못할 정도로 지루했어. 그런데 지금은 버논 부인의 남동생이 처치힐에 오면서 상황이 달라졌어. 드 쿠르시라는 잘생긴 그 청년 덕분에 여기 생활이 재미있어질 것 같아. 건방지고 뻔뻔스러운 태도를 바로 잡아주겠다는 목표가 생겨서 상당히 즐거워. 레지날드 드 쿠르시가 활기차고 영리해 보이긴 하지만, 예의상 억지로 나를 대하는 누나보다 더 딱딱하게 구는 모습을 보니 어쩌면 유쾌한 바람둥이일지도 모르겠다는 생각이 들거든. 훌륭한 사람을 인정하지 않는 오만방자한 사람을 변화시키면 강렬한 희열이 느껴지지. 그 청년은 벌써 침착하고 겸손한 내 태도에 당황했어. 거드름 피우는 드 쿠르시를 겸손하게 만들 거야. 그래서 버논 부인의 경고를 무색하게 하고, 레지날드 스스로 누나가 나를 가증스러운 여인으로 생각하는 건 잘못이라고 믿게 할 거야. 그러면 이곳 생활도 어느 정도 즐거워질 것 같아. 그런 계획이 너와 멀리 떨어져 있는 이 괴로운 상황을 무난히 이겨내도록 도움을 주겠지.

수잔 버논.

VIII.

버논 부인이
어머니 레이디 드 쿠르시에게

처치힐에서,

사랑하는 어머니. 당분간 레지날드가 돌아올 거라는 기대는 하지 마세요. 날씨도 화창하니 서섹스에서 더 지내면서 사냥이나 같이하자는 남편의 부탁을 거절할 수 없다고 어머니께 전해달라네요. 자기 말을 끌고 오라고 당장 사람을 켄트로 보내는 것을 보니 어머니께서 언제쯤 레지날드를 다시 보게 될지 모르겠어요. 상황이 갑자기 이렇게 변한 이유에 대한 제 생각을 어머니께는 굳이 감추고 싶지 않지만, 아버지께는 말씀드리지 않는 편이 좋겠습니다. 레지날드를 과하게 걱정하는 아버지께서 아신다면 심신에 정말 안 좋은 영향을 미칠 테니까요.

레지날드를 자기한테 빠지게 하려고 2주 사이에 레이디 수잔 그 여자가 무슨 일을 꾸민 게 분명해요. 동생이 예정보다 더 오래 머무는 이유도 사냥보다는 레이디 수잔한테 매력을 느꼈기 때문이라는 확신이 들거든요. 그렇다 보니 레지날드가 오래 있다 간다는 이야기가 전혀 기쁘지 않네요. 사실 그것도 남편이 말해주지 않았으면 전 알지도 못했을 거예요. 부도덕한 여자가 짠 계략에 너무 화가나요. 정말 위험한 여자가 분명해요. 판단력이 흐트러진 레지날드보다 더 확실한 증거가 어디 있겠어요. 이 집에 올 때만 하더라도 레지날드는 분명히 그 여자를 경계했다고요!

지난번 레지날드가 쓴 편지에 레이디 수잔이 랭포드에서 저지른 행적이 자세히 담겨 있었어요. 그 여자를 잘안다는 신사가 말해줬대요. 사실이라면 그 여자를 혐오할 수밖에 없는 내용인 데다 레지날드는 그 이야기를 전적으로 믿는 듯 보였어요. 그때만 해도 레지날드가 레이디 수잔을 어떤 영국 여자보다도 낮게 평가했었다고 확신해요. 여기 온 첫날 그 여자한테 존중은 고사하고 배려조차 보이지 않았거든요. 유혹하는 남자는 무조건 좋다고하는 쉬운 여자로 생각하는 게 분명했죠. 하지만 고백하건대 그 여자는 그런 편견조차 사라지게 계산적으로 행동했답니다. 레이디 수잔한테서 자만심이나 가식, 경박함은커녕 그 어떤 부적절한 태도도 찾아볼 수 없었어요. 너무 매력적으로 행동하다 보니 과거를 전혀 모르는 사람이었다면 당연히 그 여자를 좋아하게 됐을 거예요. 하지만 이미 과거를 아는 레지날드조차 이성적으로 판단하지 못하고 그 여자를 좋아하게 되니, 예상하지 못한 상황에 놀라움을 감출 수가 없답니다. 처음 봤을 때부터 동생이 레이디 수잔한테 많이 감탄한다고 생각했지만, 그건 어디까지나 자연스러운 수준이었거든요. 그래서 레이디 수잔이 예상과 달리 상냥하고 사려 깊게 행동해서 감동한 거지, 그 이상의 감정을 느낀다고는 전혀 의심하지 않았어요. 하지만 나중에는 좀 과하게 칭찬을 하더라고요. 어제는 저한테 모든 남자들이 그 여자의 사랑스러움과 재능에 빠지는 것은 당연하다고까지 말했다니까요. 제가 아무리 그래도 성격은 좋지 않다고 한탄스럽게 대답했더니, 과거에 무슨 실수를 했든 간에 모두 제대로 교육을 받지 못한 채 일찍 결혼했기 때문에 생긴 일이라며 오히려 모든 면에서 훌륭한 여자라고 옹호하더라고요.

그 여자를 우러러보며 과거에 저지른 잘못까지 대신 변명하는 레지날드를 보니 정말 짜증이 났어요. 동생이 처치힐에서 더 지내다 가라는 말을 들으려고 일부러 집 안에만 있었다는 사실을 몰랐다면 좋았을 거예요. 그랬다면 괜히 그런 제안을 해서 상황을 이렇게 만든 남편이 원망스럽지는 않았을 거예요. 레이디 수잔 그 여자는 마음껏 요염함을 뽐내서 모든 남자들의 찬사를 받으려는 게 분명해요. 당장은 그 여자가 속으로 어떤 나쁜 목적을 가졌는지 확신하지 못하지만, 레지날드 같은 젊은 청년까지 감쪽같이 속아 넘어가게 하는 모습을 보니 정말 화가 납니다.

딸,
캐서린 버논.

IX.

존슨 부인이
친구 레이디 수잔에게

런던 에드워드 스트리트에서.

사랑하는 친구에게. 드 쿠르시 경이 왔다니 정말 축하
해. 조언하건대 무슨 일이 있어도 그와 꼭 결혼해. 그 집
아버지 재산이 상당하잖아. 분명히 그 사람이 재산을 상
속받을 거야. 아버지 나이가 매우 많으니 네 앞길을 그리
오래 막지도 않을 거고. 듣기로는 그 청년이 평판도 매우
좋더라고. 사랑스러운 너한테 어울리는 제대로 된 남자야
별로 없지만, 드 쿠르시 라면 괜찮을 것 같아. 당연히 맨
워링 경이 가만히 있지는 않겠지만, 너라면 그를 쉽게 달
랠 수 있잖아. 체면을 생각해 맨워링 경이 자유로워질 때
까지 기다릴 필요도 없으니, 더 잘된 일이지 뭐니.

참, 얼마 전에 제임스 경을 만났어. 지난주에 그가 런던
에서 있는 동안 우리 집에 여러 번 초대해 너와 딸에 관
해 이야기를 나눴어. 널 잊기는커녕, 내가 보기엔 너나
네 딸 둘 중 누구와도 기꺼이 결혼하고 싶어 하는 게 분

명하더라. 그래서 이제 프레데리카도 그와 결혼하고 싶
어졌을 거라고 희망을 줬지. 그 아이가 얼마나 많이 변했
는지도 말해줬고. 마리아 맨워링과 사귀었던 과거를 야단
쳤더니, 제임스 경은 그저 장난이었다고 하더라고. 마리
아가 크게 마음 상했겠다고 하면서 둘 다 크게 웃었단다.
결론적으로 기분 좋은 대화였어. 제임스 경은 여느 때처
럼 유치했지만.

너의 친구,

알리시아.

X.

레이디 수잔이
친구 존슨 부인에게

처치힐에서.

사랑하는 친구에게. 드 쿠르시와 결혼하라는 조언은 정말 고마워. 그 충고를 받아들일지는 아직 결정하지 못했지만, 지금 내 형편에서 아주 좋은 방법이라는 데에는 동의해. 하지만 결혼을 생각할 만큼 진지한 사이가 아니라 쉽게 결정하지 못하겠다. 무엇보다 당장은 돈이 필요하지 않기도 하고. 만약 결혼한다 해도, 아버지 드 쿠르시 공이 죽기 전까지는 그 결혼에서 얻을 경제적인 이득이 거의 없을 것 같거든. 물론 결혼할 자신이야 있지. 드디어 드 쿠르시가 내 매력을 의식하게 하는 데 성공했거든. 편견으로 나를 싫어했던 그 사람을 굴복시켰다는 승리감에 취해 기뻐하며 지내고 있단다. 바라건대, 그 사람의 누나라는 사람도 옹졸하게 내 단점만 늘어놓아 봤자 소용없다는 사실을 깨달으면 좋겠어. 내 지성과 태도는 그 주장과는 정반대로 보일 테니 말이야. 내가 자기 남동생에 대해 호감을 비출 때마다 버논 부인이 얼마나 걱정스러워하는지 뻔히 보이더라고. 그래서 동서가 나를 좋게 볼 일은 절대 없겠다는 결론을 내렸지. 일단 드 쿠르시가 나에 대한 누나의 생각을 의심하게 된다면, 더는 그 여자를 걱정할 필요도 없을 것 같아. 드 쿠르시가 나를 한층 가깝게 대하는 모습이 정말 즐거워. 아무리 살갑게 대해도 무례하게 응했던 사람인데, 인내심을 갖고 침착하고 품위 있게 행동하는 내 태도에 점점 변하는 모습을 보니 얼마나 재미있는지 몰라. 사실 처음에는 나도 그 사람과 똑같이 방어적으로만 행동했지. 인생을 통틀어 이렇게 얌전하게 행동해본 적이 없을 정도였으니까. 그때만 해도 이 남자를 정복하고 싶다는 욕구가 별로 크지 않았어. 그래서 특별한 목적 없이 그저 세련되고 깊이 있는 대화만 했는데, 바로 그런 태도가 그를 완전히 사로잡았나 봐. 솔직하게 말해서, 흔히 했던 추파도 던지지 않았는데 그냥 드 쿠르시가 넘어온 거야. 나쁜 마음을 먹기만 하면 어떤 복수도 할 수 있다는 사실을 동서가 알게 된다면, 그동안 예의 바르고 겸손하게 행동한 내 태도에 어떤 의도가 있었는지 눈치 채겠지. 하지만 당장은 버논 부인이 선택한 대로 생각하고 행동하게 내버려 둘 생각이야. 드 쿠르시가 누나의 충고를 듣는다면 나와 사랑에 빠지지 않겠지만, 지금으로선 그럴 것 같지 않거든. 요즘 난 드 쿠르시와 신뢰를 쌓으면서 쉽게 말해 플라토닉한 우정을 만들고 있어. 그런 내 모습을 네가 봤다면 우정 그 이상은 될 수 없다고 생각할지도 몰라. 하지만 다른 남자들한테 그랬듯이 잘해낼 자신이 없었다면, 애초에 나를 나쁘다고 오해했던 사람한테 사랑 같은 건 주지 않았을 거야. 잘생긴 레지날드는 네가 들은 소문에 딱 맞는 남자지만, 랭포드에 있는 친구 맨워링 경보다는 많이 부족해. 맨워링 경과 비교하면 세련되지도 않은 데다 직설적이고, 분위기를 화기애애하게 만드는 즐거운 유머감각도 없거든. 하지만 상당히 쾌활한 성격으로 나를 정말 즐겁게 해줘서, 여기서 보내는 긴 시간이 매우 유쾌하게 흘러가고 있긴 해. 그 사람이 없었다면 아마도 난 동서의 침묵을 견뎌내고 시동생의 재미없는 대화를 들어주며 시간을 보내고 있었겠지. 참, 제임스 경에 대한 이야기는 매우 만족스러웠어. 이른 시일 내에 프레데리카한테 결혼 계획을 알려야겠어.

너의 친구,
수잔 버논.

XI.

버논 부인이
어머니 레이디 드 쿠르시에게

처치힐에서.

보고 싶은 어머니께. 레지날드가 레이디 수잔한테 빠르게 물들어가는 모습을 보고 있자니 너무 불안해요. 이제 두 사람은 오랜 시간 대화를 나누면서 우정을 돈독하게 쌓고 있습니다. 그 여자는 온갖 교태를 부리면서 레지날드의 판단력을 자신이 원하는 방향으로 이끌고 있어요. 그 여자가 설마하니 결혼은 계획하지 않으리라 싶지만, 방해물도 하나 없이 두 사람이 빠르게 가까워지니 난감하기 그지없네요. 어머니께서 어떤 구실로든 레지날드를 다시 집으로 불러들이시면 좋겠어요. 아버지 건강이 위중하니 돌아가야 하지 않겠냐고 몇 번이나 얘기해 봤지만, 그 아이는 이 집을 떠날 생각이 전혀 없어 보이거든요. 레지날드는 이제 그 여자 마음대로 움직이고 있어요. 그 수완이 어찌나 좋은지 레이디 수잔을 나쁘게 생각하기는커녕 오히려 예전에 그래야 했던 이유를 정당화시키더군요. 여기 오기 전까지만 해도 레지날드는 스미스 경이 말한 대로 레이디 수잔이 랭포드에서 맨워링 경과 그의 딸인 마리아 맨워링 양의 약혼자를 동시에 유혹했다는 소문을 믿었어요. 그런데 그 여자한테 완전히 설득당하더니 지금은 그저 지어낸 스캔들이라고 생각한답니다. 헛소문을 믿었다고 자책하면서 그렇게 말했다니까요. 이 모든 일이 레이디 수잔이 우리 집에 와서 벌어진 거예요! 불편이야 예상은 했지만, 그 여자 때문에 레지날드를 걱정하게 될 줄은 상상도 못 했어요. 최악의 손님이니까 각오야 했지만, 설마 레지날드가 속으로 경멸했던 그 여자한테 넘어갈 거라고 누가 생각이나 했겠어요. 어머니, 레지날드를 빨리 불러들여 주세요.

캐서린 버논.

XII.

레지날드 드 쿠르시 공이
아들에게

파크랜드에서.

요즘 젊은이들은 아무리 가까운 사람일지라도 자기 연애 문제에 참견하지 않기를 바란다는 것을 잘 알고 있다. 하지만 사랑하는 내 아들 레지날드야. 나는 네가 아비의 걱정 따위는 아랑곳하지 않고 부자지간의 신뢰를 저버린 채 특권을 누리듯 조언을 무시하는 젊은이보다는 훌륭하리라 믿는다. 유서 깊은 가문을 이어가는 독자인 만큼 네 행동거지를 친척들이 주목하고 있다는 점을 명심해야 한다. 특히 결혼은 정말 중요하다. 너 자신은 물론이고 부모의 행복과 평판까지 모두 걸린 일이니까 말이다. 네가 어머니와 나한테 일부러 알리지 않고 마음대로 결혼을 할 거라고는 생각하지 않는다. 적어도 네 선택이니 허락해 달라고 설득하려고 하겠지. 하지만 요즘 네 옆에 붙어있는 그 여자 때문에 가문 전체가 반대하는 결혼을 하려고 할까 봐 걱정되는구나. 그 여자 나이가 열두 살이나 많다는 사실도 반대하는 이유 중 하나지만, 정말 심각한 문제는 부족한 성품이란다. 그 문제에 비하면 나이는 티끌에 불과하지. 네가 그 여자한테 눈이 멀지만 않았다면, 지금 이렇게 우스꽝스럽게 내가 직접 세간에 알려진 그 여자의 나쁜 행실을 언급하는 일은 생기지 않았을 거다.

예전에 그 여자가 아픈 남편은 돌보지 않고 다른 남자들과 어울리면서 사치스럽고 방탕하게 생활한다는 소문이 돌았다. 소문이 어찌나 파다했던지 당시 모르는 이가 없었고, 지금도 여전히 그 내용을 잊은 사람이 없을 정도다. 그런데도 그동안 우리 가문에서 그 여자에 대해서 완곡하게 이야기했던 것은 네 매형 찰스 버논이 자비를 베풀어 감싸줬기 때문이야. 찰스가 그렇게 노력했는데도, 그 여자가 자기 이기심 때문에 네 누나와 매형의 결혼을 막으려고 온갖 수단을 썼었다는 사실은 이미 알고 있지 않으냐.

내가 나이 들고 병약해지니 하루라도 빨리 네가 정착하는 모습을 보고 싶다. 솔직히 말해 네가 누구를 부인으로 삼든지 나야 별 상관없지만, 부인될 사람의 가문과 성격은 나무랄 데가 없으면 좋겠구나. 아무리 반대해도 소용없을 만큼 확고하게 내린 선택이라면 그 결혼을 흔쾌히 허락할 준비가 되어 있다. 하지만 교묘한 수에 속아서 결과적으로 비참해질 것이 뻔히 보이는 결혼을 그냥 가만히 보고 있지는 못하겠다. 그 여자는 어쩌면 단순한 허영심으로 그렇게 행동했을 수도 있고, 아니면 자기한테 편견을 가진 남자를 굴복시키려고 그랬을지도 모른다. 하지만 나는 그 여자한테 그 이상의 목적이 있다고 의심해봐야 한다고 생각한다. 형편이 어려운 여자니까 금전적으로 도움이 될 사람을 찾는 게 당연하지 않으냐. 너한테 어떤 권리가 있는지 잘 알 것이다. 내가 너한테 가문의 유산을 상속시키지 않으려고 해도 내 힘 밖의 일이라는 사실도 잘 알고 있겠지. 너를 힘들게 할 방법이라고 해봤자, 살아있는 동안 어떤 상황에서도 내 의견을 굽히지 않는 것뿐이겠지.

내 생각과 기분을 솔직하게 말하마. 겁을 준다기보다는 네 이성과 효심에 호소하고 싶구나. 만약 네가 레이디 수잔 버논과 결혼하게 된다면 평안했던 내 삶은 완전히 무너지게 될 것이다. 지금까지 너를 자랑스러운 아들로 여겼던 아비의 순수한 자부심도 그대로 끝나겠지. 그리고 앞으로 널 보거나, 네 얘기를 듣거나, 네 생각을 하는 것조차 수치스럽게 생각할 것이다. 내 마음 편하자고 이렇게 편지를 쓴다고 생각할지 모르지만, 네가 레이디 수잔한테 빠졌다는 소문이 네 친구들 사이에 퍼졌다는 사실을 너한테 알려주고, 그 여자를 조심하라고 경고하는 것이 아비의 의무라고 생각했다. 한 달 전에는 의심도 하지 않고 그냥 믿었던 스미스 경의 이야기를 더는 믿지 않게 된 이유를 알고 싶구나. 아무런 사심 없이 한동안 똑똑한 여자와 즐겁게 대화만 나눴을 뿐, 미모와 능력에만 감탄했지 나쁜 행실까지 눈감아준 것은 아니라고 확실하게 말해다오. 네가 그렇게만 해준다면 이 아비는 다시 행복해질 것 같다. 하지만 그러지 못한다면 적어도 어떤 계기로 그 여자에 대한 생각이 이렇게 크게 변했는지 그것만이라도 설명해다오.

아버지,
레지날드 드 쿠르시.

XIII.

레이디 드 쿠르시가
딸 버논 부인에게

파크랜드에서.

사랑하는 캐서린에게. 안타깝게도 네 편지가 도착했을 때 나는 방에 누워있었단다. 감기로 생긴 결막염 때문에 눈이 아파 편지를 직접 읽을 수 없을 정도였어. 네 아버지가 편지를 읽어 준다고 했을 때 이후 상황이 걱정됐지만 거절하지 못했다. 그래서 네가 동생을 걱정하고 있다는 사실을 네 아버지도 알게 돼버렸단다. 나는 눈 상태가 좋아지는 대로 네 동생한테 편지를 써서 레이디 수잔처럼 교활한 여자랑 가깝게 지내는 일이 장래가 촉망되는 젊은 이에게 얼마나 위험한지 경고하려고 했단다.

덧붙여서 요즘 우리 내외가 긴 겨울밤에 얼마나 외로워하며 그 아이를 그리워하는지도 알려줄 생각이었어. 내 편지가 효과가 있을지 없을지 확신은 없지만, 네 아버지가 그런 상황을 알고 걱정하기 전에 뭔가 조치를 취해야 하니까. 그런데 네 아버지는 네 편지를 읽자마자 어떤 일이 일어났는지 다 눈치채버리셨단다. 분명히 그날부터 그 걱정거리가 머릿속을 떠나지 않으셨을 거야. 결국, 내가 아닌 네 아버지가 레지날드한테 장문의 편지를 쓰셨단다. 최근에 있었던 충격적인 소문과 관련해 도대체 레이디 수잔이 뭐라고 이야기를 했기에 그 여자에 대한 생각이 변했는지 설명해달라고 하셨다는구나. 오늘 아침에 레지날드가 보낸 답장이 도착했는데, 너도 보고 싶어 할 것 같아 편지를 동봉한다. 나는 그 답장으로 우리의 두려움이 완전히 사라지길 바랐단다. 그러나 레이디 수잔을 결혼상대로 좋게 생각하는 식으로 쓰여 있어 여전히 불안하다. 네 아버지 앞에서는 애써 안 그런 척 최선을 다했고, 다행히 네 아버지도 그 편지에 걱정을 조금 더신 것 같구나. 사랑하는 캐서린, 이 어미는 너무 화가 난단다. 환영하지 않는 불청객 때문에 크리스마스에 가족끼리 모이지 못하는 것도 억울한데 이런 민감한 문제까지 생기다니! 손자들한테 나대신 안부를 전해다오.

사랑하는 엄마,

C. 드 쿠르시.

XIV.

드 쿠르시가
아버지 레지날드 공에게

처치힐에서.

존경하는 아버지께. 보내신 편지를 받고 깜짝 놀랐습니다. 아버지께서 제게 실망하고 이렇게 걱정하게 만든 편지를 쓴 누나가 참 고맙더군요. 단언컨대 아버지께서 설명하신 일이 실제로 벌어질까 걱정하는 사람은 누나뿐입니다. 도대체 무슨 이유로 누나가 그런 걱정거리로 자신과 가족 모두를 불편하게 만드는지 모르겠습니다. 레이디 수잔은 자기를 싫어하는 사람들이 절대 자기를 인정해주지 않는다고 말했습니다. 레이디 수잔한테 전부 뒤집어씌우는 누나의 행동은 그런 주장을 뒷받침하는 증거밖에 안 됩니다. 게다가 레이디 수잔에 대한 제 태도가 결혼을 염두에 두었다는 의혹도 터무니없습니다. 우리 두 사람의 나이 차는 극복하기 힘든 문제니까요.

사랑하는 아버지, 그러니 부디 진정하시고 부자간의 이해를 떠나 아버지의 평안을 깨뜨리는 그런 의혹은 더는 품지 마십시오. 아버지가 표현하신 대로 레이디 수잔과의 관계는 매우 지적인 여성과 한동안 대화를 즐긴 것일 뿐 그 이상은 아닙니다. 여기서 지내는 동안 누나 내외와 대화할 기회가 좀 더 있었다면 누나도 더 이성적으로 판단했을지 모르죠. 하지만 안타깝게도 누나는 레이디 수잔에 대한 지나친 편견으로 많이 오해하고 있습니다. 매형을 많이 사랑하는 데다 다정한 부부관계를 지키려고 하다 보니, 예전에 자기 결혼을 방해했던 사람을 도저히 용서하지 못하는 겁니다. 그래서 그녀가 이기적인 사람이라고 비난하겠죠. 하지만 이번에도 세상은 레이디 수잔한테 지독한 상처를 줬습니다. 어떤 이유로 그렇게 행동했는지 생각해보지도 않고 그저 최악의 인간이라고 단정 지었죠.

레이디 수잔은 과거에 누나가 결혼을 앞두고 있을 때, 어디에선가 누나에 대한 어떤 단점을 구체적으로 들었답니다. 그래서 항상 아꼈던 시동생이 그 결혼으로 불행해질까 봐 다시 생각해 보라고 설득하려고 했다더군요.

이런 정황으로 레이디 수잔이 누나의 결혼을 반대했던 진짜 이유가 설명되니, 그녀한테 쏟아지는 비난이 지나치다 생각됩니다. 누나에 대한 소문에는 믿을 만한 내용이 거의 없는 것 같습니다. 아무리 올바른 사람이라도 악의

적으로 퍼붓는 비방에는 당해내지 못하니까요. 한적한 시
골에서 나쁜 짓은 절대 하지 않고 사는 떳떳한 누나라도
그런 비난은 견뎌내기 힘들 겁니다. 온갖 유혹이 판치는
세상에 살면서 과거에 실수를 조금 저질렀다는 이유로 무
분별하게 남을 비난해서는 안 된다고 생각합니다.

저는 찰스 스미스 경이 레이디 수잔한테 편견이 있는지
도 모르고, 그가 퍼뜨린 악의적인 소문을 쉽게 믿었던 과
거를 깊이 자책하고 있습니다. 사람들이 그녀를 얼마나
심하게 비난했는지 이제야 알겠더군요. 맨워링 부인이 질
투했다는 이야기도 스미스 경이 완전히 지어낸 겁니다.
맨워링 양의 연인한테 마음이 있었다는 소문도 날조됐고
요. 맨워링 양이 접근하자 제임스 마틴 경이 관심을 보이
긴 했지만, 제임스 경의 재산을 보고 결혼하려는 속셈이
뻔히 보인 거죠. 그녀가 남편감을 찾고 있다는 소문은 익
히 잘 알려져 있었으니까요. 괜찮은 남자가 불쌍해질 수
도 있었던 기회가 더 매력적인 여성이 등장하는 바람에
사라졌다고 안타까워한 사람은 아무도 없었다는군요.

레이디 수잔에 따르면 자신은 두 사람을 헤어지게 할
생각이 전혀 없었답니다. 하지만 변심한 연인 때문에 맨
워링 양이 격분하자, 간곡하게 만류하는 맨워링 부부를

뒤로하고 그 가족을 떠났다고 합니다. 제임스 경이 레이디 수잔한테 청혼했을지도 모르지만, 바로 랭포드를 떠난 데서 그 사람에 대한 마음이 짐작되므로 오해는 풀어줘야 한다고 생각합니다.

존경하는 아버지, 이제 아버지도 이런 진실을 아셨으니 상처받은 여인을 정당하게 대해줘야 한다는 생각이 드셨을 겁니다. 레이디 수잔은 고결하고 다정한 마음으로 처치힐에 왔습니다. 신중하고 검소한 모습은 본받을 만하고, 매형이 자기한테 마음을 쓰는 만큼 매형을 배려하는 사람입니다. 누나에게 잘 보이기 위해 노력도 많이 하고요. 어머니로서도 나무랄 데가 없습니다. 딸을 많이 사랑하니까 제대로 교육하는 곳에 자식을 맡긴 것이겠죠.

그렇지만 사람들은 그녀가 다른 어머니들처럼 맹목적인 사랑을 주지 않는다며 모성애가 부족하다는 비난을 하죠. 하지만 소양을 잘 갖춘 사람이라면 레이디 수잔이 자식을 사랑하는 방식이 옳다고 제대로 평가하고 인정할 겁니다. 바라건대 프레데리카 버논 양이 어머니가 보여준 보살핌을 뛰어넘어 훌륭하게 성장해 그 가치를 증명하면 좋겠습니다.

존경하는 아버지, 저는 레이디 수잔에 대한 제 감정을

솔직하게 썼습니다. 이 편지를 읽으시면 제가 얼마나 그녀의 재능에 감탄하고 그녀를 존경하는지 알게 되실 겁니다. 진지하게 생각해 내린 이 결론을 아버지께서도 충분히 이해해주시길 바랍니다. 그렇지 않으면 아버지께서는 또다시 쓸데없는 걱정을 하실 거고 저는 많이 당황스럽고 괴로워지겠죠.

아들,

R. 드 쿠르시.

XV.

버논 부인이
어머니 레이디 드 쿠르시에게

처치힐에서

사랑하는 어머니, 레지날드의 편지는 다시 돌려드립니다. 아버지께서 그 편지를 받고 안심하셨다니 기쁘네요. 저도 다행스럽게 생각한다고 전해주세요. 하지만 어머니께만 말씀드리자면, 편지 내용을 보면 지금 당장 결혼할 생각이 없다고 했을 뿐, 3개월 뒤에는 어떻게 될지 모른다는 생각이 드네요. 그 여자가 랭포드에서 저지른 일을 레지날드가 상당히 그럴듯하게 설명했네요.

저도 그 내용이 사실이길 바란답니다. 하지만 분명히 그 여자가 각색한 그대로 일 거예요. 사실이든 아니든 간에 두 사람이 그런 이야기를 나눌 정도로 친밀한 사이가 됐다는 점이 더 안타깝네요. 레지날드가 들으면 억울해하겠지만 저렇게 레이디 수잔의 해명에만 귀 기울이는 상황에서 무엇을 더 기대하겠어요. 요즘에는 레지날드가 저를 너무 적대시한답니다. 아무리 그래도 저는 그 여자에 대해 성급하게 판단했다고 생각하지 않아요. 불쌍한 여자 같으니! 그 여자를 싫어할 이유야 매우 많지만, 요즘 여러 문제로 힘들어하는 모습을 보니 동정심마저 든답니다. 오늘 아침 레이디 수잔이 딸을 맡긴 학교에서 편지를 받았거든요. 버논 양이 도망치다가 들켰으니 당장 데려가라는 내용이었답니다. 무슨 이유로, 어디에 가려고 했는지는 모르지만, 그 아이한테는 꽤 괜찮은 곳이었을 텐데 안타까워요. 당연히 레이디 수잔은 엄청 곤혹스러워하고 있답니다. 프레데리카는 열여섯 살이나 됐으니 이런 일은 저지르지 말아야 했죠. 아이 엄마가 말하는 내용을 가만히 듣다 보면 삐뚤어진 아이가 아닌가 걱정될 정도랍니다. 하지만 불쌍하게 방치된 아이였잖아요. 아이 엄마인 레이디 수잔도 그 점은 명확히 해야죠.

레이디 수잔이 수습할 방향을 결정하자마자, 남편이 바로 런던으로 출발했어요. 가능하면 서머스 양한테 프레데리카를 계속 데리고 있어 달라고 설득하겠지만, 그렇게 안 되면 일단 처치힐로 데려와 같이 지내며 다른 방안을 마련하려고요. 이런 와중에도 그 여자는 아주 다정하게 레지날드와 딸기나무 숲을 거닐며 마음의 위안을 얻고 있답니다. 그 여자가 저한테 그 이야기를 아주 많이 해요. 말도 얼마나 잘하는지 몰라요. 옹졸하다고 할까 봐 겁나지만, 사실 그 여자가 너무 말을 잘해서 오히려 제대로 이해가 안 되기도 해요. 하지만 더는 그 여자의 단점은 찾지 않으려고요. 레지날드랑 결혼할지 모르잖아요! 예의상 그러면 안 되니까요! 왜 저는 다른 사람들보다 눈치가 빠를까요? 오늘 아침 일이 있고 나서, 남편은 레이디 수잔이 그렇게 괴로워하는 모습을 한 번도 본 적이 없다고 하더군요. 대체 왜 남편은 저보다 상황 판단을 잘 못 할까요? 프레데리카가 처치힐에서 지내는 건 아주 당연한데도 레이디 수잔은 아주 꺼렸어요. 벌을 받아야 하는데 오히려 포상을 받는 것처럼 보인다나 그렇대요. 다른 곳으로 데려갈 수가 없어 이곳으로 데려오지만, 그리 오래 있지는 않을 것 같아요.

그 여자가 이렇게 말했거든요. "사랑하는 동서, 동서는 현명하니까 내 딸이 여기서 지내는 동안 엄하게 대해 줄 거로 생각해. 정말 마음 아프지만 어쩔 수 없는 일이잖아. 내가 너무 물러서 걱정이지만 나도 엄격해지려고 노력할 거야. 하지만 불쌍한 프레데리카는 자기 마음대로 안 되면 견디질 못하는 성격인 애야. 동서가 나를 도와주고 지지해 줘야 할 거야. 혹시라도 내가 너무 너그럽다

싶으면 꾸짖으라고 꼭 말해줘."

틀린 말이 하나도 없잖아요. 레지날드는 그 불쌍하고 어리석은 아이한테 화가 많이 났답니다. 레지날드가 그 아이한테 심하게 굴면 엄마인 레이디 수잔한테도 분명히 좋은 일이 아닐 텐데 말이에요. 하지만 동생이 프레데리카에 대해서 들은 얘기는 전부 그 엄마한테서 나온 거잖아요. 레지날드의 운명이 앞으로 어떻게 될지 모르지만, 동생을 구하기 위해서 제 나름대로 최선을 다했다고 생각하니 마음은 편하네요. 이제는 하늘의 뜻에 따라야죠.

딸,
캐서린 버논.

XVI.

레이디 수잔이
친구 존슨 부인에게

처치힐에서.

내 친구 알리시아, 오늘 아침 서머스 양한테서 편지를 받고 내 삶을 통틀어 정말 최고로 화가 많이 났단다. 글쎄 미운 내 딸이 도망을 가려고 했다는 거야. 버논 가문의 유순함을 그대로 물려받은 그 아이가 나쁜 짓을 할 거라고는 생각해본 적도 없는데 말이야. 제임스 경과 결혼시킨다는 내 편지에 아이가 도망치고 싶었나 봐. 그 이유 빼고는 왜 그랬는지 설명이 되지 않거든. 스태퍼드셔에 있는 클라크 경의 집에 갈 생각이었나 봐. 그 집 말고는 프레데리카가 아는 사람이 아무도 없거든. 만약 그 아이가 탈출에 성공해서 클라크 경을 만났다면 지금쯤 벌을 받고 있겠지.

난 이 문제를 수습하라고 시동생 찰스를 런던으로 보냈어. 어떻게든 그 아이를 여기로는 데려오고 싶지 않아. 서머스 양이 그 아이를 더는 보살필 수 없다고 하면 다른 학교를 찾아야겠지. 바로 결혼시키지 않고서는 그 방법밖에 없으니까. 딸아이가 평소와 다르게 행동한 이유를 도저히 모르겠다는 서머스 양 말을 들으니 앞에서 설명한 내용이 확실할 거야. 무서운 나한테는 이야기할 엄두를 못 냈겠지만, 온화한 시동생이라면 어떻게 된 건지 알아내겠지. 상황이 이렇지만 난 크게 걱정하지 않아. 딸아이가 뭐라 하든 내 식으로 이야기를 좋게 꾸며낼 자신이 있으니까. 내 언어 구사 능력이 뛰어나잖아. 재주 중에서 하나만 꼽으라면, 난 주저 없이 화술을 고를 거야. 아름다움에 찬사가 뒤따르듯, 뛰어난 화술에도 존경과 명성이 확실하게 따라오니까 말이야. 이곳에서 온종일 대화를 하며 지내니 분명히 내 언어 구사 능력이 더 좋아졌을 거야.

레지날드는 단둘이 있을 때를 제외하면 쉽게 상대해주지 않아. 날씨가 나쁘지 않으면 우리는 떨기나무 숲을 몇 시간 동안 함께 걸어 다니며 지내. 전반적으로 그가 매우 마음에 들어. 똑똑하고 말도 상당히 잘하는 사람이거든. 하지만 이따금 무례하고 성가시게 굴기도 해. 터무니없이 깐깐해서 나에 대한 좋지 않은 소문은 뭐든지 전부 해명해달라고 요구한다니까. 그러고는 자기가 처음부터 끝까지 모든 내용을 다 알았다는 확신이 들 때까지 절대 만족하지 않아. 그것도 사랑이겠지만, 이런 방식이 나 같은 사람한테는 어울리지 않는 것 같아. 나는 내 가치에 깊은 확신을 주는 맨워링 경처럼 다정하고 자유로운 성품이 훨씬 더 좋거든. 맨워링 경은 내가 무엇을 하든 다 옳다고 믿고 만족했지. 무엇보다 이성적인 감정인지 아닌지 논쟁하면서 꼬치꼬치 캐묻고 의심하는 태도를 정말 싫어했고. 정말 맨워링 경은 모든 면에서 레지날드와 비교할 수 없을 정도로 뛰어난 사람이야. 안타깝게도 내 마음만 사로잡지 못했지. 불쌍한 사람! 질투심으로 괴로워하는 걸 보니 나를 정말 사랑하나 봐. 맨워링 경이 처치힐 가까운 곳에 이름을 숨기고 머물 테니 만나달라고 조르네. 하지만 모두 거절했어. 세상 사람들은 자기 처지를 잊고 생각 없이 행동하는 여자를 절대 용서하지 않을 테니까 말이야.

너의 친구,
수잔 버논.

XVII.

버논 부인이
어머니 레이디 드 쿠르시에게

처치힐에서.

어머니께. 목요일 밤에 남편이 조카를 데리고 돌아왔답니다. 레이디 수잔은 그날 제 남편한테서 짧은 편지를 한 통 받았어요. 서머스 양이 조카를 더는 가르치지 않겠다고 확실하게 거절했다는 내용이었죠. 그래서 우리는 버논 양을 맞이할 준비를 하며 저녁 내내 초조하게 기다렸어요. 우리가 차를 마시고 있을 때 남편과 조카가 도착했답니다. 집안에 들어서는 프레데리카처럼 그렇게 심하게 겁먹은 사람은 정말 처음 봤어요. 그전까지는 눈물을 흘리며 불안해하던 레이디 수잔이 어느새 침착하게 평정을 되찾더니 냉랭한 태도로 딸을 맞이하더군요. 그러더니 딸한테 말도 거의 안 걸더라고요. 프레데리카가 자리에 앉자마자 눈물을 쏟아내니까, 그 여자가 밖으로 데리고 나가더니 한참 동안 돌아오지 않더군요. 눈이 빨개진 채로 돌아왔을 때는 막 도착했을 때처럼 엄청 불안한 모습이었어요. 그래서 조카를 오래 볼 수는 없었답니다. 불쌍한 레지날드는 아름다운 친구가 힘들어하는 모습이 너무 걱정스러워 다정하게 그 여자를 돌보더군요. 그런 레지날드 때문에 너무 기뻐 어쩔 줄 몰라 하는 레이디 수잔을 가만히 참고 보기 정말 힘들었습니다. 그 여자는 저녁 내내 불쌍한 척 연기를 했답니다. 얼마나 뻔뻔하고 가식적인지, 실제로는 그 여자가 전혀 슬퍼하지 않는다는 확신이 들었다니까요. 조카를 만난 직후라 화가 더 많이 나기도 했죠. 가엾은 그 아이가 너무 슬퍼 보여서 마음이 아팠거든요. 레이디 수잔이 그 아이한테 지나치다 싶을 만큼 엄하게 한 것이 분명해요. 그렇게 심하게 대해야 할 만큼 나쁜 아이 같지는 않았거든요. 겁을 많이 먹은 조카는 풀죽어 반성하고 있어요. 엄마만큼은 아니지만 그 아이도 꽤 예쁘답니다. 엄마를 많이 닮지는 않았어요. 레이디 수잔처럼 하얀 피부에 수려한 외모는 아니지만, 갸름한 얼굴이며 갈색 눈동자며 가녀린 모습이 딱 봐도 버논 가의 혈통이랍니다. 작은아버지나 저한테 말할 때 보니 정말 상냥해요. 자기한테 잘해줘서 고맙다는 감사 인사도 절대 잊지 않더라고요.

레이디 수잔은 자기 딸이 까다롭다고 했지만, 오히려

전 조카처럼 착해 보이는 아이를 본 적이 없답니다. 두 모녀가 같이 있을 때 보면, 레이디 수잔은 늘 엄하고 프레데리카는 말 한마디 못한 채 기가 죽어있어요. 그 모습을 보니 그 여자가 딸을 진심으로 사랑하지 않을뿐더러 사랑으로 대한 적이 한 번도 없었을 거라는 생각마저 들었답니다. 아직 조카랑 많은 대화를 나눠보지는 못했어요. 수줍음이 많아 보이기도 하지만, 그동안 받은 상처를 제가 눈치를 채서 그런지 좀처럼 저랑 같이 있으려고 하지를 않네요. 그래서 프레데리카가 도망치려고 한 정확한 이유를 아직 알아내지 못했어요. 어머니도 잘 아시다시피 마음씨 고운 제 남편은 힘들어할 조카가 걱정돼 집으로 오는 내내 질문을 거의 하지 않았대요. 제가 대신 그 아이를 데리러 갔으면 얼마나 좋았을까요. 그랬다면 오십 킬로미터나 되는 먼 길을 오는 동안 진실을 알아냈을 텐데……

레이디 수잔이 며칠 전에 작은 피아노를 자기 드레스룸으로 옮겨달라고 했답니다. 그래서 연습한다는 명목으로 프레데리카는 대부분의 시간을 그 방에서 보내고 있어요. 하지만 그 방을 지날 때마다 피아노 소리는 거의 들리지 않는답니다. 그 아이가 혼자 뭘 하면서 지내는지 모르겠어요. 우리 집에 책이 아무리 많다 해도 지난 십오 년 동안 제대로 교육을 못 받은 여자아이가 읽을 만한 책은 없거든요. 불쌍한 것! 그 방 창문에서 보이는 풍경도 별로 유익하지 않답니다. 그 방에서는 딸기나무 숲 옆의 잔디밭만 내려다보이거든요. 어머니도 이미 아시는 대로, 자기 엄마가 레지날드와 진지하게 대화를 나누며 한 시간 넘게 산책하는 모습만 보고 있겠죠. 그 나이 또래 어린 여자애한테는 그런 모습이 충격일 수밖에 없잖아요. 어쩌자고 딸한테 아무렇지도 않게 그런 모습을 보일까요?

동생은 여전히 레이디 수잔이 최고의 엄마며 프레데리카는 못된 딸이라며 비난하고 있답니다! 프레데리카한테는 도망쳐도 될 만한 정당한 이유나 계기가 전혀 없었다는 레이디 수잔의 말에 넘어가 버렸거든요. 사실 저 역시 어떤 이유가 있었는지 확신하지 못해요. 하지만 도망가기 전까지는 위그모어 가에서 한 번도 고집을 피우거나 심술 부리지 않았다는 서머스 양의 말을 생각해 보면, 레이디 수잔이 레지날드를 설득하려고 말한 내용이 도저히 믿어지지 않네요. 통제가 심한 수업이 견디기 어려워 도망가려고 했다니요. 오, 레지날드는 어쩌다가 이렇게까지 판단력을 잃었을까요! 동생은 조카가 아름답다는 사실도 인정하지 않아요. 제가 예쁘다고 프레데리카를 칭찬하면 레지날드는 눈빛이 총명하지 않은 아이라는 말밖에 하질 않아요. 어떤 때는 똑똑하지 않은 애라고 말하다가, 또 어떤 때는 성격만 고치면 되겠대요. 거짓말에 놀아나는 사람한테 일관성이 있을 리 없죠. 레이디 수잔은 프레데리카가 계속 벌을 받아야 한다고 생각하는 것 같아요. 그러니까 성격이 나쁘다거나 어리석다는 핑계를 대며 조카를 혼낼 명분을 찾겠죠. 레지날드야 그 여자가 계획하는 대로 그저 따라갈 뿐이죠, 뭐.

사랑하는 딸,
캐서린 버논.

버논 부인이
어머니 레이디 드 쿠르시에게

처치힐에서.

사랑하는 어머니, 제 편지를 보고 어머니께서 프레데리카한테 관심이 생기셨다니 정말 기쁘네요. 그런 관심을 받을 자격이 충분한 아이거든요. 제가 최근에 알아낸 이야기를 들으시면 그 아이에 대한 호감이 더 커지실 거예요. 제 느낌상 프레데리카가 레지날드를 좋아하는 게 분명해요. 프레데리카가 상당히 진지한 눈빛으로 동생을 우러러보는 모습이 자주 눈에 띄거든요. 확실히 레지날드가 잘생기긴 했죠. 거기에 솔직한 태도가 굉장히 매력적으로 보인 것 같아요. 조카가 평소에는 생각이 많은지 표정이 어두운데 레지날드가 재밌는 이야기를 할 때마다 환하게 웃거든요. 무거운 이야기를 하면 자리를 피할 줄 알았는데 그러지도 않더라고요. 레지날드가 이 사실을 눈치 채면 좋겠어요. 프레데리카의 마음을 알게 되면 그냥 무시하지는 못할 테니까요. 조카아이의 꾸밈없는 사랑이 레지날드를 레이디 수잔한테서 떼어놓기만 한다면, 우리는 모두 그 아이가 처치힐로 온 날을 축복하게 될 거예요. 제 생각이긴 하지만, 어머니도 프레데리카를 며느릿감으로 반대하시지 않을 것 같아요. 아직 어린 데다 교육도 제대로 못 받은 아이긴 하죠. 게다가 끔찍하게 경박한 엄마를 보고 자랐고요. 하지만 타고난 성격이나 재능은 나무랄 데가 없답니다. 제대로 배우지 못해 무지하다 싶은데 전혀 그렇지도 않아요. 책을 좋아해서 독서만 하면서 시간을 대부분 보내니까요. 레이디 수잔이 딸을 혼자 내버려 두는 편이라, 제가 되도록 함께 지내면서 소심한 성격을 고쳐주려고 노력하고 있어요. 덕분에 우리는 매우 좋은 친구가 됐답니다. 제 엄마 앞에서는 입도 전혀 뻥긋하지 않다가도 저랑 단둘이 있으면 말을 잘하는 걸 보니, 레이디 수잔이 제대로 교육만 했다면 분명히 훨씬 더 잘 자랐을 아이예요. 행동을 구속하려고만 하지 않으면 다정한 프레데리카처럼 온화하고 예의 바른 아이도 없을 거예요. 아이들도 모두 사촌 누나를 정말 좋아한답니다.

딸, 캐서린 버논.

XIX.

레이디 수잔이
친구 존슨 부인에게

처치힐에서.

알리시아, 프레데리카가 어떻게 되었는지 네가 분명 궁금해 할 것 같구나. 편지를 좀 더 일찍 쓰지 않은 나를 무심하게 생각했겠지. 2주 전 목요일에 프레데리카가 작은아버지와 이곳에 왔을 때, 그 아이한테 왜 그랬는지 이유를 물어봤어. 그리고 내가 쓴 편지 때문이라는 사실을 확인했어. 편지가 너무 겁을 줬는지, 어리석은 아이한테 치기 어린 반항심까지 더해져 친구인 클라크 경 집으로 도망가려고 역마차를 타려고 했다지 뭐야. 다행히 역마차가 이미 출발해버려 마차를 잡아타려면 넓은 거리를 두 블록이나 뛰어가야 했대. 이것이 내 딸 프레데리카 버논 양이 최초로 저지른 대단한 사건의 내막이야.

열여섯이라는 철없는 나이에 저지른 일이라고 이해하고 넘어가다 보면 미래에는 더한 유명세도 감당해야 할지도 몰라. 하지만 나는 무엇보다 서머스 양이 딸아이를 제대로 돌보지 않은 일련의 행동에 정말 화가 나. 우리 가정 형편상 교육비를 제때 받지 못할까 두려워서 그 아이를 내버려 뒀다는 생각밖에 들지 않거든. 이제 프레데리카가 내 품에 돌아온 이상, 더는 서머스 양을 고용하지 않을 거야. 지금부터 그 아이는 랭포드에서 시작된 로맨스를 진전시켜야 해서 바빠질 테니까. 사실 지금 프레데리카는 레지날드 드 쿠르시에 푹 빠졌지만! 엄마한테 반항하며 흠잡을 데 없는 청혼을 거절하는 것만으로는 충분하지 않았나 봐. 하지만 레지날드에 대한 사랑은 절대 내 허락을 받지 못할 거야. 그 아이처럼 조롱거리가 되려고 애쓰는 어린 소녀는 본 적이 없으니까. 프레데리카의 마음이야 상당히 진지하지. 하지만 그렇기 때문에 자기 자신을 순진하고 어리석게 만들어 모든 남자들이 얕보게 하는 거야.

사랑하는데 순진한 게 문제가 되지는 않아. 하지만 천성인지 일부러 그러는지는 몰라도 프레데리카는 여하튼 숙맥이야. 레지날드가 그 아이한테 무엇을 봤고, 그것을 얼마나 중요하게 생각할지는 아직 잘 모르겠어. 지금은 레지날드가 관심도 없지만, 그 아이 마음을 알게 되는 순간 멸시하게 될 거야. 버논 가문에서야 프레데리카가 빼어난 미모일지 모르지만, 레지날드한테는 별로 대단하지 않을 테니까. 그런데 딸아이는 자기 작은어머니한테 총애를 많이 받고 있어. 당연히 나를 거의 안 닮았기 때문이지. 덕분에 그 아이는 버논 부인하고 단짝이 됐어. 하지만 한 성격 하는 동서가 유머 감각으로 대화를 거의 주도하는 편이지. 프레데리카는 절대 그 여자를 넘어서지 못할 거야. 그 아이가 처음 여기 왔을 때 난 그 아이 작은엄마랑 떨어뜨려 놓으려고 애를 먹었어. 그런데 안정을 찾고 보니, 두 사람이 나누는 이야기만 소신 있게 잘 살피면 될 것 같아. 이렇게 너그럽게 봐준다고 해서 딸아이의 결혼을 포기한 것은 아니야. 절대 아니지. 그 결심은 절대 변하지 않아. 다만 어떻게 시작할지 아직 결정하지 못했을 뿐이야. 여기서는 그 결혼을 추진하지 않으려고 해. 현명한 버논 부부랑 매사를 의논해야 할 테니까. 그렇다고 지금 당장 런던으로 갈 수도 없는 상황이네. 프레데리카가 한동안은 기다려주겠지.

친구,
수잔 버논.

XX.

버논 부인이
어머니 레이디 드 쿠르시에게

처치힐에서.

어머니, 저희는 지금 예상치도 못한 손님을 맞이하고 있답니다. 어제 한 남자가 찾아왔거든요. 아이들 저녁밥을 먹이고 있을 때쯤 현관에서 마차 소리가 들렸어요. 나가 보려고 아이들 방에서 나와 계단을 절반쯤 내려가니까, 얼굴이 잿빛이 된 프레데리카가 뛰어 올라오더니 저를 지나쳐 자기 방으로 도망가지 뭐예요. 즉시 그 아이를 따라가 무슨 일인지 물어봤죠. 그랬더니 프레데리카가 이러는 거예요. "아! 그 남자, 제임스 경이 왔어요. 어떻게 하죠?" 무슨 소리인지 도무지 이해가 되지 않아 무슨 일인지 설명해달라고 했어요. 그때 누군가가 방문을 두드리더군요. 레이디 수잔이 레지날드한테 프레데리카를 데리고 오라고 시켰던 거였어요.

"드 쿠르시 경!"

프레데리카가 거칠게 소리를 지르더군요. 그러자 레지

날드가 말했어요.

"당신 어머니가 데려오라는군요. 내려갑시다."

우리 세 사람은 같이 아래층으로 내려갔어요. 레지날드가 겁에 질린 프레데리카를 놀란 표정으로 살피더군요. 응접실에서 레이디 수잔은 외모가 준수한 한 젊은 신사를 제임스 마틴 경이라고 소개했답니다. 어머니께서 기억하실지 모르지만, 레이디 수잔이 맨워링 양한테서 떼어놓은 바로 그 남자랍니다. 그 여자야 딸을 위해 그랬다고 말하지만요. 현재 제임스 경은 프레데리카한테 완전히 푹 빠진 것처럼 보여요. 레이디 수잔도 적극적으로 지지하고요. 하지만 불쌍한 조카는 그 남자를 싫어하는 게 분명했답니다. 꽤 괜찮은 젊은이 같긴 하지만, 저나 남편 눈에는 많이 나약해 보이더라고요. 응접실에 들어가면서 두렵고 혼란스러워하는 프레데리카가 정말 안쓰러웠답니다. 자기 손님이니 신경을 많이 쓰긴 했지만, 레이디 수잔 역시 제임스 경이 와서 특별히 즐거운 눈치는 아니었어요. 제임스 경은 마음대로 처치힐로 찾아온 행동에 대해서 저한테 몇 번이나 정중하게 양해를 구했답니다. 지나치게 많이 웃으면서 계속 말하더라고요. 똑같은 이야기도 몇 번이나 반복하던지, 레이디 수잔한테 며칠 전에 존슨 부인을 만났다는 이야기를 세 번이나 했다니까요.

가끔 프레데리카한테도 말을 걸었지만 주로 레이디 수잔이랑 이야기를 더 많이 나눴어요. 불쌍한 조카는 눈은 내리깐 채 입은 뻥긋하지도 않고 앉아 있었는데 낯빛이 수시로 변하더라고요. 레지날드는 묵묵히 침묵을 지키면서 이 모든 광경을 지켜봤고요. 한참 시간이 흐르자 그런 상황에 지친 레이디 수잔이 산책하자고 제안했고, 두 신사를 남겨두고 여자들은 외투를 걸치러 올라갔어요. 계단을 올라가는데 레이디 수잔이 저한테 제 드레스 룸에서 잠깐 보자고 하더군요. 개인적으로 할 이야기가 있다면서요. 그래서 그 여자랑 드레스 룸으로 갔더니, 그 여자가 문을 닫자마자 제게 이렇게 말했답니다.

"갑자기 제임스 경이 찾아와서 나도 깜짝 놀랐어. 동서한테 사과할게. 하지만 엄마로서 기분 좋은 일이야. 프레데리카를 보지 않고는 한시도 못 버틸 만큼 제임스 경이 그 아이한테 반한 거니까. 제임스 경은 성격도 활달하고 품성도 좋은 젊은이거든. 말이 좀 많지만 일이 년 지나면 진중해질 거야. 여러모로 프레데리카랑 잘 어울리는 사람이야. 제임스 경이 딸아이를 좋아하는 모습을 볼 때마다 얼마나 기쁜지 몰라. 자네하고 서방님도 두 사람의 결혼을 흔쾌히 승낙하리라 믿어. 지금까지 이런 얘기를 누구한테도 해본 적 없었어. 프레데리카가 학교에 다니는 동안 결혼 얘기가 나오면 모양새가 별로 좋지 않으니까. 하지만 상황이 이렇게 변하고 보니 프레데리카를 다시 학교에 보내기엔 나이가 너무 많은 것 같아서 이른 시일 내에 제임스 경이랑 결혼을 시키려고 생각하고 있었거든. 그렇지 않아도 며칠 내로 동서랑 서방님한테 전부 이야기할 참이었는데 잘됐어. 다정한 동서, 지금까지 아무 말 못 한 이유도 동서가 이해하리라 믿어. 프레데리카와 제임스 경이 서로에 대한 마음을 이어가게 하려면 상황을 조심스럽게 숨길 수밖에 없었어. 동서도 몇 년 뒤에 사랑스러운 캐서린을 훌륭한 젊은이한테 시집보내는 행복한 날이 오면, 지금 내 심정을 이해하게 될 거야. 동서야 운이 좋으니까 나처럼 이런 일에 크게 기뻐하지 않을지도 모르지. 프레데리카와 달리 캐서린은 상속받을 재산이 넉넉하니까."

결론만 말하면, 그 여자는 제가 축하해주길 바라더라고요. 그래서 전 어색하게 축하를 해줬죠. 그렇게 중요한 일을 갑자기 발표해버리니 확실하게 의사 표현을 하지 못하겠더라고요. 그 여자는 자기랑 자기 딸의 안녕을 걱정해줘서 고맙다고 다정하게 말했답니다. 그리고 이렇게 덧붙였죠.

"동서, 나는 쉽게 고백하는 사람이 아니야. 괜히 이야깃거리나 만들지 않을까 싶어 너무 불편하거든. 하지만 평판 좋은 동서라면 안심하고 고백해도 되겠다고 예전부터 생각했었어. 요즘처럼 우리 사이가 좋았던 적도 없었던 것 같아. 나를 생각해주는 동서 마음이 유난히 더 고마운 이유는 동서한테 나에 대한 편견을 심어준 사람들이 있었기 때문이야. 누가 어떤 의도로 그랬는지 모르지만, 오히려 난 그들이 정말 고맙다니까. 지금 우리가 함께 있는 모습을 보고, 우리가 서로를 아끼는 마음을 그 사람들이 알게 되면 좋겠어. 이제 시간 그만 뺏을게. 나와 내 딸한테 친절을 베풀어 준 동서에게 축복이 있기를. 지금처럼 앞으로도 영원히 행복하길 바랄게."

어머니, 이렇게 말하는 여자한테 뭐라고 하겠어요? 이렇게 진지하게 엄숙히 말하는데요! 하지만 저는 여전히 그 여자의 말이 진심인지 아닌지 의심이 들어요. 제 생각에 레지날드도 자세한 내막은 모르지 않나 싶어요. 제임스 경이 찾아왔을 때 무척 놀라면서 당황했거든요. 깜짝 등장한 젊은이에다 당황스러워하는 프레데리카 때문에 레지날드도 머릿속이 복잡할 거예요. 레이디 수잔이랑 대화한 후라 이런 생각이 드는지도 모르겠지만, 레지날드는 다른 남자가 프레데리카한테 관심을 보이는 상황을 허락한 레이디 수잔 때문에 감정이 상한 게 분명해요. 우리가 이상하게 여기지 않았으면 좋겠다고 하면서도, 제임스 경은 아무렇지도 않게 며칠 더 머물겠대요. 매우 무례한 행동이라는 사실을 잘 알지만 자기 멋대로 그렇게 하겠다는 거죠. 게다가 웃으면서 머지않아 자기도 진짜 가족이 되면 좋겠다고 말하더라고요. 이렇게 거침없는 행동에 레이디 수잔까지 약간 당황하는 듯 보였답니다. 어쩌면 그 여자도 속으로는 제임스 경이 떠나주길 바라고 있을지도 몰라요.

당장은 불쌍한 프레데리카가 우리 부부도 자기 결혼을 지지한다고 생각할까 봐 무슨 일이든 행동에 옮길 생각입니다. 제 엄마의 기대와 야망 때문에 그 아이가 희생양이 돼서는 안 되잖아요. 조카가 두려워하며 고통 받도록 그냥 내버려 두지 않을 거예요. 레지날드야 관심 없더라도, 내 동생한테 마음을 준 아이니까 제임스 경의 부인이 되는 것보다 훨씬 더 나은 운명을 맞을 자격이 있잖아요. 조카랑 둘이 만나 속마음을 들어보고 싶지만, 저를 피하

는 눈치예요. 제가 그 아이를 잘 안다고 자만해서 뭔가를
착각한 게 아니었으면 좋겠어요. 하지만 프레데리카가 제
임스 경을 대하는 모습을 바라보자면 정말 불편하고 당황
스럽다는 기색이 확실한 데다, 그와의 관계를 발전시키고
싶다는 의향은 전혀 보이지 않거든요. 이만 줄입니다.

사랑하는 딸,
캐서린 버논.

XXI.

프레데리카 버논이
드 쿠르시에게

드 쿠르시 경, 마음대로 무례를 저지른 저를 이해해주
시기 바랍니다. 너무 괴로워 부끄러움도 무릅쓰고 이렇
게 편지를 씁니다. 저는 제임스 마틴 경 때문에 정말 괴
롭습니다. 하지만 드 쿠르시 님께 편지를 쓰는 일 말고는
달리 어찌할 방도가 없네요. 작은아버지나 작은어머니께
는 그런 이야기를 할 수 없거든요. 이런 처지인지라, 이
글이 어머니 말을 듣지 않으려는 반항심에 쓴 편지처럼
모호하게 보일까 봐 걱정됩니다. 하지만 드 쿠르시 경께
서 제 편에 서서 어머니가 이 결혼을 더는 진행하지 않도
록 설득해주세요. 그렇게 해주시지 않으면, 저는 반쯤 미
쳐버릴지도 몰라요. 그렇지 않고는 제임스 경을 참아낼
수 없을 테니까요. 다른 사람은 몰라도 드 쿠르시 님이라
면 어머니를 설득할 수 있을 거예요. 만약 드 쿠르시 경
이 엄청난 친절을 베풀어 제 편이 되어 제임스 경을 보내
도록 어머니를 설득해주신다면, 감히 표현할 수 없을 만

큼 당신께 고마워할 겁니다. 처음 만났을 때부터 저는 그 사람을 싫어했습니다. 절대 갑작스러운 생각이 아니에요. 저는 제임스 경이 항상 유치하고, 무례하고, 불쾌하다고 생각해왔습니다. 지금은 전보다 더 심하게 싫어졌고요. 그런 사람과 결혼하느니, 차라리 돈 벌 일거리를 구해 평생 혼자 살겠어요. 무례하게 제멋대로 편지를 보낸 점, 어떻게 용서를 구해야 할지 모르겠습니다. 어머니께서 알면 불같이 화내실 것도 잘 알고 있어요. 하지만 그 정도 위험은 감수하겠습니다. 이만 줄입니다.

당신께 의지하는,
프레데리카 S. 버논.

XXII.

레이디 수잔이
친구 존슨 부인에게

처치힐에서.

지금 난 화가 나서 정말 참을 수가 없어! 사랑하는 친
구야, 지금까지 살면서 이렇게 크게 화난 적은 처음 같
아. 내 마음을 모두 이해하는 너한테 얘기하다 보면 안정
을 찾을 수 있을까 싶어 편지를 쓴다. 지난 화요일에 누
가 온 줄 알아? 바로 제임스 마틴 경이 왔어! 내가 얼마
나 깜짝 놀라고 짜증났을지 생각해 봐. 너도 잘 알다시
피, 난 그 사람이 처치힐에 오기를 바란 적이 한 번도 없
거든. 그 사람이 이곳에 오려고 했다는 사실을 네가 미리
알았다면 얼마나 좋았을까! 제임스 경은 갑자기 찾아온
것도 모자라 며칠씩이나 머물겠다지 뭐야. 그래서 쌀쌀
맞게 대할까 생각도 했어! 하지만 잘 해주려고 최선을 다
했단다. 겉으로야 별로 반대하지 않지만, 진짜 속내가 뭔
지 보여주지 않는 동서한테도 제임스 경이 찾아온 이유를
잘 말해뒀어. 프레데리카한테도 제임스 경을 정중하게 대

하게 시켰고, 그 결혼을 지지한다는 내 생각도 명확히 설명했어. 프레데리카는 자기가 불행하다고 말했지만, 그게 다였지. 얼마 전부터 레지날드에 대한 딸아이의 마음이 급격하게 커지는 것 같아서 서둘러 결혼시키기로 마음먹었어. 그 사랑이 얼마나 엄청난 사태를 불러올지 누구보다 잘 아니까. 동정을 가장한 경멸을 받게 될 두 사람 모습이 내 눈에 선하거든. 그런 불행은 애초에 발생하지 않도록 확실하게 단속해야겠다고 결심했지. 물론 레지날드가 나를 대하는 태도는 전혀 변하지 않았어. 그런데 얼마 전에 그가 자발적으로 먼저 프레데리카에 대한 이야기를 꺼내더니, 이제는 칭찬까지 하더라니까. 나를 찾아온 제임스 경을 보고 레지날드가 깜짝 놀란 것 같아. 처음에는 제임스 경을 주의 깊게 관찰하더라고. 순수하지 않은 질투심에 사로잡힌 그의 모습에 기분이 좋았지. 하지만 안타깝게도 레지날드를 오래 괴롭히지는 못했어. 제임스 경이 나를 정중하게 대하긴 했지만, 그 청년이 푹 빠진 상대는 바로 내 딸이라는 사실을 모든 사람들이 금방 알아차렸거든. 단둘이 있을 때를 틈타 드 쿠르시를 설득하는 일은 전혀 어렵지 않았어. 그 사람한테 상황을 완벽하게 설명했고, 딸이 결혼하길 바라는 내 입장도 모두 전했어.

모두 아주 수월하게 정리되는 것 같았지. 제임스 경을 어리석다고 생각하는 사람도 전혀 없었거든. 그래도 혹시 모르니 작은아버지 내외한테 제임스 경에 대한 불평을 늘어놓지 말라고 프레데리카한테 미리 경고까지 해놨지. 덕분에 그들이 끼어드는 일은 없었어. 그렇지 않았다면 무례한 동서는 참견할 기회를 노렸을 게 분명해. 모든 일이 조용하고 침착하게 진행됐어. 제임스 경이 처치힐을 떠나는 날을 손꼽아 기다리긴 했지만, 돌아가는 상황이 매우 만족스러웠거든. 그러다가 정말 갑자기 모든 계획이 방해를 받은 내 기분이 어떨지 한번 생각해봐.

오늘 아침에는 레지날드가 한 번도 보지 못한 엄숙한 표정으로 내 드레스 룸에 들어와서 많은 이야기를 늘어놓더라. 딸아이가 원하지 않는데도 제임스 마틴 경과 결혼시키려고 하는 부적절하고도 불친절한 내 행동에 대해 이유를 알고 싶다더군. 정말 엄청 놀랐어. 그 사람이 대충 웃어넘길 생각이 전혀 없어 보여서 나는 침착하게 해명할 기회를 요청했어. 그리고 갑자기 왜 이렇게 행동하고, 대체 누구한테서 나를 추궁할 권한을 위임받았는지 알고 싶다고 물었지. 그러자 레지날드는 자기가 내 딸아이의 상황을 잘 알고 있으며, 제임스 경과 나 때문에 매우 불쾌했었다고 말하더라고. 중간 중간 무례한 칭찬과 다정한 표현을 형식적으로 섞어가면서 말이야. 지금까지는 관심 없이 흘려보냈지만, 그제야 딸아이가 레지날드한테 지금 상황에 참견해달라고 편지를 썼다는 사실을 알게 되었어. 요약하자면 딸아이가 정말 그런 편지를 썼고, 그는 편지를 받고 나서 프레데리카와 직접 이야기해 자세한 상황을 파악했으며, 그 아이가 정말 원하는 방향도 알게 됐다는 거지. 프레데리카 그 발칙한 아이가 이번 일을 레지날드와 사랑에 빠질 완벽한 기회로 삼은 게 틀림없어. 내 딸에 관해서 이야기하는 그의 태도가 변했다는 사실이 더 큰 확신을 줬지. 프레데리카에 대해서 좋게 말하려고 노력하는 모습을 보니 레지날드도 그 아이의 마음을 느꼈나 봐! 정작 자기는 열정적으로 사랑을 표현하거나 고백할 용기도 없으면서 누군가가 자기한테 호감을 느끼면 괜히 우쭐해하는 남자들이 정말 경멸스러워. 나는 정말 그런 남자들이 너무 싫어. 레지날드가 나를 진심으로 좋아하지는 않았나 봐. 진심이었다면 프레데리카의 말을 듣지도 않았겠지. 어리석은 그 아이는 제 엄마에게 무례하게 반항하려고 그동안 두 마디 이상 말도 건네지 못했던 젊은이한테 자기를 보호해달라고 부탁한 거잖아! 프레데리카의 무례함에다 남을 쉽게 믿는 레지날드까지 모두 너무 당황스럽단다. 그 남자는 어떻게 내가 잘못했다는 딸아이 말을 고스란히 믿을 수 있을까! 그동안의 내 모든 행동에는 납득할 만한 이유가 있다는 얘기를 믿지 못했던 건가? 내 마음과 선의에 대해 그가 보여줬던 신뢰는 다 어디로 갔을까? 나를 헐뜯는 사람들에 맞서 분개했던 진실한 사랑은 어디로 갔을까? 남을 헐뜯는 교양 없고 철없는 사람들은 애초에 상대하지 말라고 배우지도 않았을까? 얼마 전까지만 해도 나는 숨죽이며 조용히 지냈어. 하지만 내 너그러움이 짓밟힌 마당에 이제는 날카로워질 생각이야. 레지날드는 내 분노를 누그러뜨리려고 오랫동안 노력했어. 하지만 비난받으며 모욕당한 여자가 고작 몇 마디 칭찬에 넘어간다면 얼마나 어리석겠니. 아무리 노력해도 내가 변하지 않자, 그 사람은 나만큼 크게 화를 내고 나가버리지 뭐야. 그리고 지금까지 나한테 계속 화를 내고 있어. 매우 침착하게 행동한 나와는 달리, 그는 가장 난폭한 방식으로 분노를 표출하고 있는 거지. 그래서 지금은 그의 분노가 가라앉기만을 기다리고 있는 중이야. 하지만 분명한 건 레지날드의 분노는 언젠가 사그라지겠지만, 내 분노는 앞으로 생생하게 더 불타오를 거라는 사실이야.

요즘 그 사람은 문을 잠그고 방 안에서만 지내고 있어. 곧 여기를 떠날 거라는 소식도 들려. 정말 최고로 불쾌한 방식으로 반응하고 있지 뭐야! 세상에는 이해되지 않는 사람도 있는 법이니까. 하지만 아직 프레데리카를 마주할 정도로 마음이 충분히 안정되진 않았어. 이런 결과를 초래한 그 날을 그 아이가 절대 잊지 못하게 만들 거야. 자기가 달콤한 사랑 이야기에 홀려 얼마나 헛된 희망을 품었었는지 곧 깨닫게 될 거야. 온 세상은 물론이요, 상처받은 엄마가 쏟아내는 엄청난 분노 속에서 자신이 얼마나 오랫동안 경멸을 받아야 할지 알게 될 테니까.

다정한 친구,

수잔 버논.

XXIII.

버논 부인이
어머니 레이디 드 쿠르시에게

처치힐에서.

사랑하는 어머니, 축하드려요! 그동안 골치 아프게 했던 일이 행복한 방향으로 해결되고 있답니다. 모든 일이 순조롭게 흘러가고 있으니 앞으로 다 잘 될 거예요. 그동안 제 불안한 마음만 전해드려서 죄송해요. 걱정거리가 해결됐다는 이 기쁜 소식이 힘들었던 지난날을 보상해주겠죠. 너무 기쁘고 흥분돼 펜도 간신히 잡고 있지만, 제임스 편에 짧게라도 몇 줄 적어 보내려고 편지를 씁니다. 레지날드가 파크랜드로 돌아갈 거라는 깜짝 놀랄 소식을 미리 알려드리려고요. 삼십 분 전쯤, 제임스 경과 응접실에 앉아 있는데 레지날드가 저를 밖으로 부르더군요. 무슨 일이 생겼다는 직감이 들었답니다. 동생이 흥분해서 붉어진 얼굴을 하고 이야기를 하더라고요. 그 아이가 정말 무엇을 원할 때 어떻게 행동하는지 어머니도 잘 아실 거예요. 이렇게 말했답니다.

"누나, 나 오늘 집으로 돌아갈 거야. 아쉽지만 가야만 해. 아버지, 어머니를 뵌 지 너무 오래됐어. 제임스한테 말을 끌고 먼저 돌아가라고 시킬 생각이니 어머니한테 보낼 편지가 있으면 맡겨. 나는 돌아가는 길에 런던에서 볼일을 볼 거라 수요일이나 목요일까지 집에 도착하지 않을 거야. 그리고 가기 전에,"

그러더니 목소리를 낮추고 강하게 힘을 실어 말하더군요.

"한 가지 경고할게. 저 제임스 마틴이란 작자 때문에 프레데리카가 불행해지도록 놔두지 마. 저 남자야 그 아이와 결혼하고 싶겠지. 엄마인 레이디 수잔까지 그 결혼을 원하니까. 하지만 프레데리카는 그런 생각조차 견디지 못하고 있어. 내가 정말 확실하게 장담하는데, 제임스 경이 이곳에 계속 머물면 그 아이는 더 힘들어질 거야. 프레데리카처럼 사랑스러운 아이라면 더 나은 운명을 가져야 해. 누나가 당장 저 바보 같은 제임스 경을 내보내야 할 거야. 레이디 수잔이 절대 가만있지는 않겠지만. 누가 알겠어! 난 이만 갈게."

그러더니 제 손을 꼭 잡고 이렇게 덧붙였어요.

"누나를 언제 다시 보게 될지는 모르겠지만, 프레데리

카 일은 잊지 말아줘. 그 아이가 행복해지도록 누나가 꼭 힘 좀 써줘. 상냥한 그 아이는 우리가 생각하는 것보다 훨씬 더 뛰어난 아이니까."

그렇게 말하고 계단을 뛰어 올라갔답니다. 레지날드를 말리지는 않았어요. 지금 동생이 어떤 기분일지 충분히 이해하니까요. 이야기를 듣고 제 마음이 어땠는지도 굳이 설명하지 않을게요. 정말 바랐던 일이 막상 일어나고 보니 너무 놀라서 일이 분 동안 멍하니 서 있을 수밖에 없었답니다. 그런데 편하게 이 행복을 만끽하기는 아직 일러 보여요. 응접실로 돌아와 한 십 분 정도 지나서 레이디 수잔이 들어섰거든요. 레지날드와 그 여자가 다툰 게 분명한지라 유심히 그 여자 표정을 살폈답니다. 속임수에 능한 여자다 보니 아니나 다를까, 아무 일도 없었다는 듯이 행동하더라고요. 그저 그런 이야기를 잠깐 주고받았는데 갑자기 묻더군요.

"월슨에게 (위에 언급되는 제임스는 하인이고, 윌슨은 하녀—옮긴이) 들었는데 드 쿠르시 경이 오늘 아침에 처치힐을 떠난다는 게 사실이야 동서?"

저는 그렇다고 대답했죠. 그랬더니 그 여자가 웃으면서 말하더군요.

"어젯밤에도 그렇고 오늘 아침 식사 자리에서도 아무 말이 없었는데 이상하네. 하긴 어쩌면 자기 자신도 모르고 있었는지 모르지. 젊은 남자들은 결정을 급하게 내리는 경우가 많으니까. 하지만 갑자기 결정한 만큼 계획을 갑자기 바꾼다 해도 그리 놀랍지는 않을 거야. 드 쿠르시 경이 갑자기 마음을 바꿔서 안 떠날 수도 있는 거잖아."

그러고는 바로 응접실을 나가버리지 뭐예요. 어머니, 그렇다고 레지날드가 마음을 바꾸지 않을까 걱정할 필요는 없을 것 같아요. 큰일은 이미 벌어졌으니까요. 두 사람이 프레데리카 때문에 다툰 것은 분명하거든요. 물론 그러고도 침착하게 행동하는 레이디 수잔한테 경악하긴 했죠. 아무튼, 레지날드를 다시 보면 정말 기쁘실 거예요! 동생은 예전처럼 어머니께 존경과 행복을 전해줄 겁니다. 그렇게만 된다면 다음 편지에는 제임스 경은 떠났고, 레이디 수잔은 무너졌으며, 프레데리카는 평화를 찾았다고 쓰게 되겠죠. 그렇게 되려면 아직 넘어야 할 산이 많지만 다 잘되리라 믿어요. 어떤 이유로 상황이 갑자기 이렇게 변했는지 궁금해서 견딜 수가 없네요. 서두에도 말씀드렸지만, 다시 한 번 축하드려요.

딸, 캐서린 버논.

XXIV.

버논 부인이
어머니 레이디 드 쿠르시에게

처치힐에서.

어머니, 제가 지난번 편지에서 기대했던 일은 거의 일어나지 않았습니다. 기분 좋았던 떨림이 순식간에 정반대로 바뀌며 우울해졌어요. 제가 괜히 편지를 써서 어머니까지 기대하시게 하여 정말 후회됩니다. 하지만 이렇게 될 줄 누가 알았겠어요? 사랑하는 어머니, 저를 행복하게 만들었던 희망은 고작 두 시간 만에 사라져버렸답니다. 다퉜다는 레이디 수잔과 레지날드는 그사이에 서로 화해하고 다시 예전과 똑같은 상태가 됐어요. 한 가지 수확이라면 제임스 마틴 경이 떠났다는 것뿐이에요. 이제 뭘 더 기대하겠어요? 저는 너무 실망했답니다. 진짜로 레지날드는 떠나기 직전이었거든요. 문 앞에 말까지 준비해놓은 것을 보고 안심하지 않을 사람이 어디 있겠어요? 제가 동생이 떠난다는 사실에 즐거워했던 시간은 고작 삼십 분이다였답니다. 어머니께 편지를 보내고 남편한테 지금까지 있었던 일에 대해 이야기했어요. 다음에는 아침 식사 후로 보이지 않던 프레데리카를 찾아 나섰죠. 계단에서 만난 그 아이는 울고 있었답니다.

"작은어머니, 드 쿠르시 경이 떠난대요. 전부 제 잘못이에요. 작은어머니께서 저한테 화내실까 봐 겁나요. 하지만 일이 이렇게 될 줄은 꿈에도 몰랐어요."

그러기에 전 이렇게 대답했죠.

"얘야, 나한테 사과할 필요는 없단다. 나야말로 다른 사람 핑계를 대며 동생을 집으로 돌려보내려고 생각하고 있었어. 왜냐하면 말이야."

얼른 기억을 더듬어 말을 이었죠.

"우리 아버지께서 레지날드를 너무 보고 싶어 하시거든. 그건 그렇고 네가 무슨 잘못을 했다는 거니?"

프레데리카는 얼굴이 빨개진 채 대답하더군요.

"제임스 경 때문에 너무 힘들어서 어쩔 수 없었어요. 저도 제가 정말 잘못했다는 것을 잘 알아요. 하지만 제가 얼마나 큰 고통 속에서 지내는지 작은어머니는 짐작도 못하실 거예요. 어머니께서 작은아버지와 작은어머니께 아무 말도 하지 말라고 하셨거든요. 그래서……."

"그래서 네가 레지날드한테 도와달라고 말했구나."

조카가 해명하기도 전에 제가 말했죠.

"아니요. 편지를 썼어요. 오늘 아침 동트기 두 시간 전에 일어나서요. 그런데 편지를 다 쓰고 나니 전해줄 용기가 나지 않더라고요. 아침 식사를 하고 방으로 돌아가다 복도에서 드 쿠르시 경을 만났어요. 이때를 놓치면 안 되겠다 싶어 용기를 내서 겨우 편지를 건넸어요. 다행히도 드 쿠르시 님이 편지를 흔쾌히 받아주시더라고요. 그분의 얼굴은 도저히 쳐다볼 수가 없어서 바로 도망갔지만요. 그런 엄청난 일을 저지를 용기가 어디서 났는지 저 스스로도 너무 놀라서 숨조차 쉬어지지 않더라고요. 그동안 제가 얼마나 비참했는지 작은어머니는 모르실 거예요."

"프레데리카, 힘든 일이 있으면 내게 말을 했어야지. 난 친구처럼 항상 도와줄 준비가 되어 있었단다. 작은아버지나 나는 레지날드처럼 네 얘길 잘 들어주지 않을 것 같았니?"

"그럴 리가요. 작은어머님의 친절을 의심한 건 아니에요."

조카 얼굴이 또 붉어지더군요.

"단지 어머니한테는 드 쿠르시 경이 말해야 이야기가 통할 것 같아서 그랬어요. 하지만 잘못 생각했나 봐요.

그것 때문에 두 분이 심하게 싸우더니 드 쿠르시 님이 떠난대요. 어머니는 저를 절대 용서하지 않으실 테고, 앞으로 저는 더 불행해질 거예요."

"아니야, 그렇지 않을 거야. 나한테 아무 말도 못 하게 막은 건 네 엄마가 잘못한 거야. 아무리 엄마라 해도 널 불행하게 만들 권리는 없고, 그렇게 하시지도 않을 거야. 다른 사람들을 위해서도 레지날드한테 부탁하는 편이 가장 좋은 방법이었을 거야. 나도 그게 최선이라고 생각하니까. 그 일 때문에 불행해지진 않을 테니 너무 걱정하지 말렴."

바로 그때 레이디 수잔의 드레스 룸에서 나오는 레지날드를 보고 정말 깜짝 놀랐답니다. 심장이 멎는 줄 알았죠. 레지날드도 저를 보고 정말 당황스럽다는 표정을 짓더군요. 프레데리카야 자리를 바로 피했죠.

"이제 가니? 매형은 지금 자기 방에 있단다."

"아니, 누나. 나 안 떠나. 잠깐 얘기 좀 할까?"

우리는 제 방으로 갔어요. 레지날드가 당혹감을 감추지 못하면서 말을 하더군요.

"내가 바보처럼 성급하게 굴었어. 레이디 수잔을 완전히 오해하고 있었더라고. 레이디 수잔의 행동을 잘못 생각해서 이 집을 떠나려고 했던 거야. 정말 큰 실수를 저질렀지. 우리 모두 오해하고 있어. 프레데리카는 자기 엄마를 잘 모르나 봐. 레이디 수잔은 별 뜻 없이 딸을 위해서 그랬던 거래. 하지만 레이디 수잔이 딸 대신 친구를 사귀어줄 수 있는 것도 아니고, 자기 딸이 어떻게 하면 행복할지 항상 아는 건 아니잖아. 무엇보다 생각해보니 나한테 두 사람 사이에 끼어들 권리가 없더라고. 프레데리카가 나한테 편지를 쓴 건 실수였던 거지. 캐서린 누나, 요점만 말하자면 엉켰던 문제들이 모두 이제야 제대로 해결됐어. 내 생각에 레이디 수잔이 누나한테도 할 말이 있는 것 같아. 누나만 괜찮으면."

"당연히 시간을 내야지."

믿고 싶지 않은 장황한 이야기에 한숨만 나오더라고요. 무슨 말을 해도 헛수고일 것 같아 더는 입을 열지 않았어요. 레지날드는 서둘러 방을 나갔고요.

대체 어떤 상황인지 직접 들으려고 레이디 수잔을 찾아갔죠.

"내가 말하지 않았나? 레지날드는 절대 떠나지 않을 거라고."

그 여자가 웃으며 말하더군요.

"그럼요, 그러셨죠. 하지만 형님이 착각하신 줄 알았어요. 제가 실수했네요."

저도 정색하며 대답했죠.

"나 그렇게 실없이 말하는 사람 아니야." 그러고는 이렇게 얘기하더군요.

"아침에 나랑 한 이야기 때문에 레지날드가 떠나려고 한다는 생각이 갑자기 들더라고. 그 대화가 서로 전혀 이해하지 못한 채 아주 안 좋게 끝났거든. 그래서 의도치 않았던 말다툼 때문에 동서한테서 남동생을 빼앗으면 안 되겠다는 생각이 들었어. 그 말다툼은 레지날드 못지않게 내 책임도 크니까. 자네도 기억하겠지만, 난 바로 행동에 옮겼어. 내가 저지른 잘못을 최대한 빨리 해결하려면 시간이 부족했으니까. 우리가 다퉜던 문제는 바로 이거야. 프레데리카가 제임스 경과 결혼하기를 죽도록 싫어한다는 사실이지."

"그럼 형님은 프레데리카가 왜 그러는지 아시나요?"

조금 흥분하니 제 목소리가 높아지더군요.

"프레데리카는 정말 똑똑하지만, 제임스 경은 그렇지 않기 때문이에요."

"동서, 난 그렇게 생각하지 않아. 프레데리카가 그렇

게 생각한다니 난 오히려 다행스러운걸. 제임스 경이 수준 이하로 보이기도 하지. 하지만 어린애 같은 면이 있어서 그렇게 보이는 것뿐이야. 만약 프레데리카가 내가 기대한 만큼 생각이 깊은 아이고 엄마인 내가 그 사실을 잘 알고 있었다면 그 아이 결혼 문제로 이렇게 걱정할 필요는 없었을 거야."

"자기 딸이 무슨 생각을 하는지 형님만 모른다는 사실이 정말 이상하네요!"

"프레데리카 그 아이도 자신을 잘 몰라. 겁 많은 어린애 같은 데다 날 무서워하기만 해. 남편이 살아있을 때 그 아이는 어리광만 피웠어. 그래서 나라도 엄하게 대했던 건데, 그 아이는 내가 자기를 미워하는 줄 알아. 총명하지도 않은 데다 당당하게 앞에 나설 배짱도 없는 애야."

"교육을 제대로 못 받았기 때문이죠!"

"동서, 나라고 그걸 모르겠어? 죽은 애 아빠 탓을 안하려고 내가 얼마나 노력했는데."

이쯤 되자 그 여자가 울먹거리더라고요. 정말 짜증났답니다.

"그렇다면 제 동생하고 생긴 의견차는 어떻게 설명하

실 거죠?"

"이미 말했지만, 그건 나를 무서워하는 내 딸이 자기 멋대로 일을 저질러서 생긴 거야. 그 아이가 레지날드한 테 편지를 썼거든."

"그건 저도 알아요. 프레데리카가 작은아버지나 저한 테 힘들다는 이야기를 절대 못 하게 하셨더군요. 그러니 제 동생한테 편지를 쓸 수밖에 없었겠죠?"

"세상에!"

그 여자가 소리를 지르더라고요.

"대체 날 어떻게 생각하는 거야! 그 아이가 불행해 한 다는 것을 내가 이미 알고 있었다는 거야? 자식을 비참하 게 만들려고 악랄한 계획을 세워 놓고 동서가 끼어들까 봐 말 못 하게 막았다는 거야? 어떻게 자네는 나를 모성 애조차 없는 사람이라 생각하는 거지? 나한테 자식의 행 복이 얼마나 중요한데, 내가 내 딸을 영원한 고통 속으로 몰아넣으려고 한다고 생각하는 거야? 어떻게 그렇게 끔 찍한 생각을 해!"

"그러면 프레데리카한테 말하지 말라고 하신 이유는 뭐죠?"

"동서한테 말한다고 뭐가 달라지지? 엄마인 나조차

그 일에 끼어들지 않는데 왜 동서한테 부탁해야 해? 자네를 위해서도, 그 아이를 위해서도, 나를 위해서도 그건 바람직하지 않잖아. 그렇게 마음먹은 이상 아무리 친한 사람이라도 당사자가 아니면 그 일에 끼어들지 않기를 바란 것뿐이야. 결과적으로 그건 내 실수였어. 인정해. 하지만 난 그게 옳다고 생각했어."

"하지만 형님이 자꾸 실수하는 이유가 뭘까요! 바로 자기 딸이 어떤 감정인지 완전히 오해하고 있어서죠! 프레데리카가 제임스 경을 싫어하는 걸 전혀 모르셨어요?"

"그 아이가 제임스 경을 마음에 쏙 들어 하지 않는다는 사실은 나도 눈치 채고 있었어. 하지만 부족한 사람이라서 싫어한다고는 생각하지 못했어. 그 점에 대해서는 너무 캐묻지 말아줘, 동서."

그 여자가 다정하게 제 손을 잡더군요.

"솔직히 말해 그냥 숨기고 싶거든. 사실 난 프레데리카가 하는 짓이 정말 맘에 안 들어! 특히 레지날드한테 쓴 편지는 나한테 엄청난 상처가 됐으니까."

"이 상황이 왜 이렇게 이해하기 힘든지 아세요? 프레데리카가 레지날드한테 호감이 생겨서 제임스 경을 거절했다고 보는 편이 제임스 경이 어리석어서 거절했다고 생각하는 것보다 훨씬 설득력이 있어 보이거든요. 그나저나 제 동생이랑 왜 다투신 거죠? 형님도 아시겠지만, 제 동생 성격상 그런 상황에 개입해달라는 요청을 거절하기는 어렵거든요."

"동서가 더 잘 알겠지만, 레지날드는 정말 따뜻한 사람이야. 그런 사람이 나한테 훈계를 하러 왔어. 학대받는 소녀, 곤경에 처한 여인에 대한 연민에 가득 차서 말이야! 둘 다 서로 오해했던 거지. 레지날드는 나를 과하게 비난해야 하는 나쁜 사람이라 생각했고, 난 그 사람이 너무 지나치게 간섭한다고 생각했으니까. 레지날드를 많이 아끼지만, 그때는 정말 표현하기도 힘들 만큼 실망했어. 안타깝게도 우리 둘 다 선의로 행동했다가 서로한테 나쁜 사람이 되었던 거지. 레지날드가 처치힐을 떠나려고 결심한 것도 그런 따뜻한 마음에서 나왔을 거고. 그 사람이 어떤 마음에서 그랬는지 이해가 되니, 우리 두 사람이 서로 오해한 게 아닐까 싶더라고. 그래서 더 늦기 전에 상황을 바로 잡기로 한 거야. 동서네 가족들이 서로 얼마나 사랑하는지 누구보다 잘 아는데, 레지날드랑 이렇게 틀어져 버리면 내 마음이 너무 아플 것 같았거든. 지금 내가 더 할 수 있는 말은, 프레데리카가 제임스 경을 싫어하는 데 합리적인 이유가 있다는 사실을 이제는 나도 알았으니까, 제임스 경이 프레데리카를 포기하게 하겠다는 거야. 동기야 순수했지만, 어찌 됐건 딸아이를 그렇게 불행하게 만든 데에는 내 책임이 크니까. 하지만 앞으로 그 아이는 나한테서 가능한 모든 벌을 받게 될 거야. 나만큼 자기 행복을 생각하는 아이라면 현명하게 판단해서 스스로 통제 가능할 테니 그리 힘들지 않겠지. 동서, 시간 많이 뺏어서 미안해. 그렇지만 이 말은 꼭 해야만 했어. 이 시간 이후로 더는 동서를 실망하게 하는 일은 없을 테니 믿어 줘."

"잘도 그러시겠네요!"라고 말하고 싶었지만, 그냥 조용히 나왔어요. 정말 겨우 참았답니다. 입을 열면 멈추지 못할 것 같았거든요. 그 오만한 자신감이란! 뻔뻔한 거짓말쟁이 같으니! 무슨 말을 하려고 했는지 굳이 말씀드리진 않을게요. 어머니께서 충격 받으실 지도 모르니까요. 정말 가슴이 아팠답니다. 마음을 어느 정도 진정시키고 응접실로 돌아갔어요. 제임스 경의 마차가 문 앞에 있더군요. 언제나 그랬듯이 그 남자는 명랑하게 작별을 고했답니다. 어쩌면 저렇게 사람을 쉽게 들었다 놨다 하는지 정말 대단한 여자예요! 제임스 경이 떠났지만 프레데리카는 여전히 불행해 보여요. 아마도 자기 엄마가 어떻게 화낼지 두려운 거겠죠. 동생이 떠날까 걱정하던 프레데리카는 이제 질투심에 괴로워하고 있답니다. 레이디 수잔과 레지날드를 얼마나 유심히 지켜보는지 몰라요. 불쌍한 것! 지금 당장은 그 아이한테 희망이 보이지 않네요. 동생이 마음을 줄 가능성이 전혀 없으니까요. 그래도 레지날드가 프레데리카를 대하는 모습은 예전과 많이 달라지긴 했어요. 겉으로는 잘 대해주거든요. 하지만 레이디 수잔과 화해한 것을 보니 제 바람은 한낱 백일몽에 불과했던 것 같아요. 어머니, 최악의 상황을 대비하세요! 두 사람이 결혼할 확률이 상당히 높아졌거든요. 둘 사이는 전보다 더 가까워졌어요. 그 결혼이 성사되는 불상사가 일어나면, 프레데리카는 우리 가족과 지내야 할 거예요. 지난 편지와 이번 편지 사이에 시차가 별로 나지 않아 차라리 다행입니다. 실망으로 끝날게 뻔 한 어머니의 지금 그 행복이 그나마 짧아질 테니까요

사랑하는 딸,
캐서린 버논.

XXV.

레이디 수잔이
친구 존슨 부인에게

처치힐에서.

사랑하는 알리시아, 축하해줘. 이제야 밝고 당당한 내 모습을 찾았거든! 사실 지난번 편지를 썼을 때는 엄청 짜증이 난데다 그럴 만한 이유도 충분했잖아. 지금쯤은 평온을 찾는 게 맞지. 하지만 다시 평온을 찾는 일이 생각보다 힘드네. 정신적으로 특히 그래. 달갑지 않은 진심을 숨기고 거짓으로 지어낸 평온함이라 그런가 봐. 분명히 말하건대, 레지날드를 절대 쉽게 용서하지 않을 거야. 글쎄 그 사람이 진짜로 처치힐을 떠나려고 했다니까! 나는 지난번 만남이 절대 마지막일 거라고는 생각하지 않았거든. 그런데 갑자기 윌슨이 말하길 레지날드가 떠난다는 거야. 그제야 무언가 조처를 해야 한다는 사실을 깨달았지. 성격이 난폭한 데다 복수심에 불타는 남자가 나를 제멋대로 판단하게 놔두면 안 되니까. 그렇게 나쁜 인상을 주고 그를 떠나보내면 내 명성에 도움이 되지 않을 테니 말이야. 이런저런 상황을 모두 고려해 그 사람한테 자비를 베풀기로 했지. 월슨에게 부탁해서 레지날드가 떠나기 전에 마지막으로 이야기를 나누고 싶다는 내 의사를 전했어. 그러자 바로 찾아왔더라고. 아침에 헤어질 때만 해도 그 사람 얼굴에 화가 드러났었는데, 그때쯤에는 완전하지는 않지만, 어느 정도 화가 가라앉았더라고. 레지날드는 내가 불러서 매우 놀랐나 봐. 내가 무슨 말을 할지 두려운 마음과 화가 누그러지기 바라는 마음이 반반 섞인 표정이더라고. 나는 최대한 침착하고 품위 있게 행동하면서 수심 가득한 표정을 지어 나 역시 행복하지 않다는 점을 보여주려고 했어.

"드 쿠르시 경, 제멋대로 만나달라고 청해서 죄송합니다. 하지만 오늘 당신이 이곳을 떠난다는 사실을 알고부터 나 때문에 당신이 떠나면 안 된다고 애원해야 한다는 생각이 들었습니다. 그런 일이 있었으니 우리 두 사람이 한집에서 지내면 안 된다는 생각에는 동의해요. 깊었던 우리 우정이 완전히 변해버린 상황에서 계속 만나면 너무 괴로운 형벌이 될 테니까요. 이런 상황에서 처치힐을 떠나려는 당신의 결심은 아주 적절하다고 생각합니다. 당신이 정말 떠나고 싶어 한다는 사실도 잘 알고 있고요. 하지만 아무리 그래도 돈독한 가족애로 지내는 당신의 인간 관계를 단칼에 끊어버리고 싶지는 않습니다. 당신이 떠나고 내가 이곳에 남으면 당신의 가족인 버논 부부가 그리 즐겁지 않을 테니까요. 게다가 난 이미 여기서 오래 머물렀답니다. 그러니까 모두가 편해지도록 가까운 시일 안에 내가 떠나겠습니다. 애틋하게 아끼는 가족들을 떼어놓고 싶지 않아 특별히 요청하는 거예요. 나란 사람이 머무는 곳이야 나한테만 의미 있지, 레지날드 당신은 가족 모두한테 중요한 존재잖아요."

나는 그렇게 정리했어. 알리시아 너도 흡족하게 생각하면 좋겠다.

이런 내 표현이 레지날드의 자존심을 어느 정도 살려줬는지 태도가 바로 호의적으로 변하더구나. 오, 내가 말하는 동안 다정했던 예전으로 돌아갈지 계속 화를 낼지 갈팡질팡하는 그 남자 표정이 얼마나 재미있었는지 몰라! 사실 일부러 민감한 내용을 말했던 거야. 그 사람 가족관계를 부러워한다거나 나 자신을 깎아내릴 생각은 전혀 없었어. 그저 그 사람한테 영향을 주기 쉬워지니까 그랬던 거지. 애초에 레지날드는 어떤 해명도 요구하지 않았어. 그러더니 자기 자존심이 더는 참지 못하자 혼자 폭발해서 나한테 화내고 나가버렸던 거거든. 그랬던 남자가 내가 몇 마디 던지자 단번에 부드러워지고 순종적으로 변하더니 예전보다 더 온순하고 다정하며 헌신적으로 바뀌었어. 하지만 더 겸손해진다 해도 그렇게 오만했던 사람을 쉽게 용서하지는 못할 것 같아. 화해했으니 바로 떠날지, 아니면 그 사람과 결혼해서 평생 애달프게 벌할지 아직 결정하지는 못했어. 신중하게 결정하지 않으면 둘 다 예측할 수 없는 난폭한 결과로 돌아올 테니까. 지금 당장은 머릿속에서만 여러 계획들이 계속 바뀌고 있어.

계획은 매우 많거든. 우선 레지날드한테 그런 부탁을 한 프레데리카는 아주 엄하게 혼내려고. 그런 부탁을 호의적으로 받아들여 나를 함부로 대한 레지날드도 언젠가는 반드시 대가를 치르게 할 거고. 제임스 경이 떠났을 때 의기양양한 시선으로 무례하게 행동했던 동서도 그냥 넘어가지 않을 거야. 레지날드와 잘 지내려고 하는 동안 불쌍한 제임스 경은 신경 쓰지도 못한 데다, 요 며칠 굴욕까지 감수해야 했잖아. 그래서 이것을 모두 만회할 몇 가지 계획을 세웠단다.

곧 런던으로 간다는 계획도 있어. 나머지가 어떻게 결정되든 런던에는 반드시 갈 거야. 내 편견일지 모르지만,

런던은 계획을 실행하기 가장 좋은 곳이니까. 런던에서 사교계가 주는 즐거움을 적당히 누리면서 지난 10주간 처치힐에서 했던 고생을 보상받을 생각이야. 프레데리카와 제임스 경을 결혼시킬 계획을 세운 뒤로는 나 자신을 위해서 즐기지 못했거든. 런던으로 가려는 내 계획이 어떤지 네 생각이 궁금하구나.

알다시피 난 유약하거나 다른 사람한테 쉽게 휘둘리는 성격은 별로 좋아하지 않아. 하지만 그렇다고 딸아이한테 엄마 뜻을 거슬러 고집을 피워도 된다고 허락한 것은 아니야. 레지날드를 향한 꿈같은 사랑도 마찬가지지! 로맨틱한 망상에 사로잡힌 자식을 말리는 일은 분명히 엄마인 내 의무니까. 계획대로 당장 그 아이를 런던으로 데려가 제임스 경과 결혼시키고 싶어. 레지날드와 생각이 달라 상황이 어떻게 될지 모르겠지만, 기분을 달래주는 말 몇 마디로 신뢰야 다시 쌓으면 되겠지. 현실적으로 지금 당장은 그렇게 못하지만 말이야. 여전히 내 손안에 있는 사람이지만 딸 결혼 문제로 한 번 다퉜다 보니, 최선을 다해도 내가 원하는 바를 다 얻을 수 있을지 장담하기 어려워졌거든. 내 친구 알리시아, 이 모든 문제에 대해서 네 의견이 궁금해. 그리고 네 집에서 멀지 않은 곳에 내가 머무를 만한 적당한 숙소가 있는지도 좀 알아봐 줘.

가장 가까운 친구,

수잔 버논.

XXVI.

존슨 부인이
친구 레이디 수잔에게

런던 에드워드 스트리트에서.

지난 편지를 보고 정말 기뻤단다. 내 조언을 말하자면
이래. 지체하지 말고 당장 런던으로 와. 하지만 프레데리
카는 두고 오는 게 좋겠어. 그쪽 사람들 심기를 불편하게
하면서까지 프레데리카와 제임스 경을 결혼시키려고 하
지 말고, 너와 드 쿠르시 경의 결혼에만 집중하는 게 더
나아. 이제는 딸보다는 수잔 너 자신을 더 생각해야 해.
처치힐에서 확실하게 보여준 대로 프레데리카는 당신의
체면을 생각해서 행동하는 아이가 아니잖아. 넌 사교계에
잘 어울리는 사람이야. 네가 사교계에서 멀어지는 것은
말도 안 돼. 자기가 저지른 행동에 대가를 치르도록 프레
데리카는 두고 와. 제멋대로 누린 로맨틱한 사랑이 언제
든지 고통으로 되돌아올 수도 있다는 사실을 확실하게 가
르쳐주자고. 그러니까 최대한 빨리 런던으로 와.

사실 이렇게 재촉하는 다른 이유도 있어. 지난주에 맨

워링 경이 런던에 왔거든. 그 사람이 내 남편은 신경도 쓰지 않고 용케 나를 만날 기회를 만들었더라고. 내가 장담하건대 맨워링 경은 너 때문에 우울해져서 드 쿠르시를 질투까지 하더라. 당장 두 남자가 만나게 될 자리는 피해야 할 정도로 엄청나게 질투한다니까. 네가 런던에서 만나주지 않으면 얼마나 무모하게 행동할지 상상도 못 할 정도야. 어쩌면 무작정 처치힐로 찾아갈지도 몰라. 얼마나 끔찍한 일이니! 만약 네가 내 충고대로 드 쿠르시와 결혼할 거면 무엇보다 맨워링 경이 방해하지 못하도록 제일 먼저 조치를 취해야 할 거야. 그러면 맨워링 경도 자기 부인한테 돌아가겠지.

또 다른 이유도 있어. 내 남편이 건강 때문에 다음 주 화요일에 배스로 떠나거든. 내 바람대로 배스의 온천이 남편 체질에 잘 맞으면 통풍을 고칠 때까지 몇 주 동안 그곳에 있다가 올 거야. 남편이 런던에 없는 동안 우리는 참석할 파티나 고르면서 즐겁게 지내기만 하면 되는 거지. 마음 같아서야 우리 집에 널 머무르게 하고 싶지만, 남편이 널 절대 집에 들이지 말라고 단단히 주의를 줬거든. 무시하고 싶지만, 금전적인 문제가 걸려있어서 그러지도 못해. 대신 어퍼 세이모어 스트리트에 있는 멋진 손님용 아파트에서 지내. 거기나 우리 집에서 즐겁게 지내자고. 집에서 잠만 자지 않으면 놀러 오는 건 괜찮을 거야.

참, 불쌍한 맨워링 경이 자기 부인의 질투심에 대해 이야기해줬단다. 맨워링 부인은 어리석게도 그렇게 멋진 남자한테서 한결같은 마음을 기대했나 봐! 하긴 그렇게 어리석은 사람이 아니었다면 맨워링 경과 결혼하지도 않았겠지. 그 여자야 엄청난 재산을 상속받았지만, 맨워링 경은 무일푼이었잖아. 그 여자 정도라면 준남작 말고 진짜 귀족을 만났을지도 모르는데. 워낙 고집이 센 사람이라 후견인인 남편도 어쩔 수 없었다더라고. 맨워링 경의 마음이 전부 공감되지는 않았지만, 나 같아도 그 부인을 용서하지는 못할 것 같아. 잘 지내.

너의 친구,
알리시아.

버논 부인이
어머니 레이디 드 쿠르시에게

처치힐에서.

어머니, 이 편지는 레지날드가 직접 전할 거예요. 동생
이 여기서 지내지 않게 됐지만, 우리가 손쓰기엔 이미 너
무 늦은 상태에서 떠나는 터라 이 소식이 딱히 좋지만은
않네요. 레이디 수잔도 특별히 아끼는 친구 존슨 부인을
만나러 런던으로 떠날 예정이에요. 교육 문제 때문에 프
레데리카도 데려가려고 했지만, 우리가 반대했어요. 프
레데리카도 가기 싫어했고, 저도 그 아이를 제 엄마 손에
맡기고 싶지 않았거든요. 런던이 교육적으로 더 좋은 환
경일지는 몰라도 프레데리카가 힘들어하면 아무 소용없
잖아요. 올곧은 심성을 제외하면 그 아이의 건강부터 모
든 것이 다 걱정되거든요. 그 아이 엄마나 친구들이 상처
야 주지 않겠죠. 하지만 별로 좋지도 않은 엄마 친구들과
어울리거나 아니면 철저하게 외톨이로 혼자 지내야 할 텐
데 어느 쪽이 더 나쁜지 모르겠더라고요. 게다가 제 엄마

랑 지내면 레지날드를 계속 볼 텐데 그보다 더 잔인한 게 어디 있겠어요. 이제 그 아이는 여기서 우리와 함께 평화롭게 지낼 거예요. 책 읽고 대화하고 우리 아이들과 놀면서 평범한 행복을 모두 누리다 보면, 철없는 시절에 겪은 짝사랑의 아픔도 서서히 이겨내겠죠. 다른 사람도 아니고 바로 자기 엄마한테 무시를 당했으니 상처야 당연히 매우 깊을 테지만요. 레이디 수잔이 런던에 얼마나 있을지, 여기로 다시 돌아올지는 잘 모르겠어요. 다정하게 초대할 생각도 없지만, 설사 돌아온다 해도 애초에 저한테 따뜻한 환대를 받을 기대를 하지 말아야 할 거예요. 그 여자가 런던에서 계속 지내는 방향으로 계획한 듯해서 레지날드한테 런던에서 올겨울을 보낼 거냐고 물어봤어요. 아직 생각 중이라고 대답했지만, 표정이나 말투를 보니 이미 결정은 내린 것 같아요. 너무 한탄스럽답니다. 이 상황이 절망스럽지만, 그냥 포기하기로 마음먹었어요. 레지날드가 어머니 곁에 오래 머물지 않고 바로 런던으로 간다면 모든 것이 확실해지겠죠.

사랑하는 딸,

캐서린 버논.

존슨 부인이
친구 레이디 수잔에게

런던 에드워드 스트리트에서.

사랑하는 내 친구야, 나는 정말 화가 나서 이 편지를 쓰고 있단다. 우려하던 일이 결국 일어나버리고 말았어. 우리 두 사람을 괴롭히려고 내 남편 존슨 경이 일을 저질렀거든. 네가 곧 런던에 온다는 소식을 남편이 어디서 들었나 봐. 게다가 마침 통풍도 심해져서 증세가 호전되기 전까지는 배스 여행을 미룰 거래. 통풍이 심해지거나 수그러드는 건 예측하기 어렵다는 말이 정말 맞나 봐. 전에 해밀턴 가문과 레이크 가문을 이어주려고 했을 때도 지금처럼 갑자기 통풍이 도졌거든. 내가 배스에 가고 싶어 했던 삼 년 전에는 정작 통풍 증상이 전혀 없었고.

내 편지가 너한테 영향을 많이 줬다니 기뻤어. 분명히 드 쿠르시 경은 이제 네 사람이야. 런던에 도착하는 대로 바로 연락해줘. 그리고 특히 맨워링 경을 어떻게 할 생각인지 궁금하네. 사실 언제쯤 널 만날 수 있을지를 정확하게 말하긴 어려워. 남편 때문에 분명히 오랫동안 집에 갇혀있어야 할 테니까. 배스로 가도 되는데 굳이 집에서 앓아누우려고 하다니 정말 비열하다니까. 겨우 화를 참고 있는 중이야. 배스에 가면 늙은 이모님이 남편을 간호하실 텐데, 이제는 모두 내 몫이 되어버렸지 뭐야. 남편이 통풍으로 고통스러워하는 모습을 봐도 이 분노는 사라질 것 같지 않아.

너의 친구,
알리시아.

XXIX.

레이디 수잔이
친구 존슨 부인에게

런던 어퍼 세이모어 스트리트에서.

사랑하는 알리시아, 굳이 통풍 건을 들지 않아도 나는 존슨 경을 충분히 싫어해. 특히 이번엔 네 남편에 대한 내 혐오감이 말할 수 없을 정도로 커졌어. 자기를 돌보라고 집에 널 가두다니! 불쌍한 알리시아, 그렇게 나이 많은 남자와 결혼한 것도 너 스스로 선택한 실수니까 감수해야겠지! 나이 많지, 엄격하지, 통제 불능에다, 통풍까지! 안타깝지만 존슨 경은 활기차게 생활하기에는 너무 늙었고, 죽기에는 너무 젊은가 봐.

나는 어제저녁 다섯 시쯤에 런던에 도착했어. 그런데 갑자기 맨워링 경이 들이닥치는 바람에 저녁도 거의 먹지 못했단다. 그가 찾아와서 얼마나 즐거웠는지, 레지날드와 비교해서 성격이나 태도가 얼마나 훌륭했는지 굳이 숨기지 않을게. 레지날드가 정말 엄청 부족하더라고. 한두 시간이긴 했지만, 레지날드와 결혼하기로 마음먹었던 내 결정이 새삼 놀라웠다니까. 너무 이상적이고 터무니없는 생각이라 머릿속에 오래 담고 있지는 않았지만 말이야. 상황이 이렇다 보니 더는 내 결혼을 빨리 결정하고 싶지 않아졌어. 우리가 말한 대로 레지날드가 런던에 도착할 날만 학수고대하면서 조급하게 지내고 싶지도 않고. 그래서 몇몇 핑곗거리를 대서 레지날드한테 런던에 늦게 오라고 할 생각이야. 그러면 맨워링 경이 떠날 때까지 그 사람은 런던에 오지 않을 거야. 지금도 가끔 그 결혼에 대해 의문이 들어. 늙은 드 쿠르시 공이 금방 죽으면 망설일 이유가 없지만, 그렇지 않은 상태에서 드 쿠르시 공의 의지에 좌지우지되는 상황은 내 자유로운 영혼과는 어울리지 않아 보이거든. 설사 결혼하기로 한다 해도, 남편을 잃은 지 겨우 열 달 만에 재혼하는 이유도 충분히 설명해야 할 거고. 당연히 맨워링 경은 이런 속내를 전혀 모르지. 그 사람한테는 레지날드가 그냥 흔한 연애 상대라고 얼버무려놨거든. 그랬더니 어느 정도 달래진 것 같아. 우리가 만날 때까지 잘 지내. 참, 네가 마련해준 숙소는 매우 만족스러워.

너의 친구,
수잔 버논.

XXX.

레이디 수잔이
드 쿠르시에게

런던 어퍼 세이모어 스트리트에서.

당신이 보낸 편지는 잘 받았습니다. 그리고 빨리 만나길 바라는 당신이 고맙습니다. 하지만 나는 반대로 원래 예정했던 일정을 넘겨 만날 날을 좀 더 늦추고 싶어요. 먼저 이유를 듣지도 않고 변덕스럽고 나쁜 사람이라고 비난하지는 마세요. 처치힐을 떠나면서 지금 우리의 상황을 충분히 돌이켜봤어요. 그리고 예전에는 너무 부주의했지만, 앞으로는 사려 깊고 조심스럽게 행동해야 한다는 결론을 내렸답니다.

그동안 주변 사람들이나 세상의 기대는 무시하고 너무 조급하게 우리 감정에만 충실했던 것 같아요. 지금도 약혼만 서두르면서 주변은 제대로 신경 쓰지 못하잖아요. 당신이 신뢰하는 사람들의 반대를 포함해 우리 앞에는 걸림돌이 너무 많답니다. 자식에게 도움이 되는 결혼을 바라는 당신 아버지를 비난하고 싶지는 않아요. 솔직히 이성적인 기대 같지는 않지만, 당신 가문만큼 부유한 사람과 결혼해 재산이 더 늘어나길 바라는 부모 입장이야 너무 당연하니까요. 그런 생각이 놀랍거나 억울하지 않아요. 당신 아버지는 재산이 많은 며느리를 원할 권리를 충분히 가진 분이니까요. 그래서 이따금 우리 관계를 이렇게 무모하게 만들어 당신을 괴롭히는 나 자신과 싸우기도 한답니다. 하지만 나 같은 사람은 그런 이성적인 판단을 늘 뒤늦게 하니까요.

남편과 살았던 시간이 전혀 행복하지 않았기에 별로 고맙지도 않지만, 어찌 됐건 지난 몇 달간 나는 미망인으로 지냈습니다. 그러다 보니 두 번째 결혼이 너무 빨라 세상 사람들한테서 무례하다고 손가락질 받을까 두렵답니다. 무엇보다 시동생 버논 경이 불쾌해할 거라는 사실이 견디기 어렵네요. 부당하게 날아오는 세상의 비난에 맞서는 시간은 어쩌면 그리 길지 않을지도 몰라요. 하지만 당신도 잘 알다시피 버논 경이 나한테 보여준 소중한 존경심을 잃는 건 견디기 힘들 것 같아요. 게다가 그 일 때문에 당신 가족이 당신한테도 상처를 준다면 내 마음이 어떻겠어요? 이런 생각들이 정말 날카로운 비수처럼 파고듭니다. 당신과 함께하는 대신 부모와 자식을 갈라서게 만든다는 생각을 하니 나 자신이 아주 끔찍한 존재 같아요.
그래서 모든 상황이 희망적이고, 호의적으로 변할 때까지
약혼을 미뤄야 한다는 생각이 들었습니다. 뾰족한 해결
책은 없지만 잠시 떨어져 지내다 보면 뭔가 방법이 생길
지도 모르죠. 그러니 우리 당분간 만나지 말아요. 내 말
이 잔인하게 들리겠죠. 하지만 나 스스로 이런 상황을 납
득해야 할 만큼 필요한 과정이에요. 당신도 우리 상황을
객관적으로 바라보면 내가 이렇게까지 하는 이유를 분명
히 이해할 거예요. 나 스스로 상처를 입히면서까지 떨어
져 지내는 시간을 늘리는 이유가 도덕적인 의무감 때문일
뿐, 마음이 변해서 그러는 것이 아니라는 사실을 이해한
다면 당신이 날 의심하는 일도 더는 없을 겁니다. 그러니
까 다시 부탁하건대, 우리 당분간 절대로 만나지 말아요.
서로 몇 달 떨어져 지내다 보면 걱정하는 당신 누나도 진
정하게 될 거예요. 풍족한 삶이 익숙해 재산을 가장 중요
하게 생각하는 동서가 우리를 이해하지 못하는 것은 당연
하잖아요. 이른 시일 내에 당신한테서 답을 듣기를 바랍
니다. 제발 내 의견에 동의해주세요. 그리고 이렇게까지
생각했다고 비난하지도 마시고요. 난 그 비난을 견디지
못할 테니까요. 비난을 감수할 수 있을 정도로 뻔뻔한 여

자는 아니거든요. 요즘 나는 되도록 즐겁게 지내려고 노력하고 있어요. 다행히 런던에 친구들이 많네요. 그중에는 맨워링 부부도 있죠. 내가 맨워링 부부를 어떻게 생각하는지는 당신도 잘 알 거예요.

충실한 당신의 사람,

수잔 버논.

XXXI.

레이디 수잔이
친구 존슨 부인에게

런던 어퍼 세이모어 스트리트에서.

사랑하는 친구야, 나를 고통스럽게 만드는 레지날드가 여기에 와 있단다. 시골에 좀 더 오래 잡아놓으려 했던 내 편지가 오히려 그를 급하게 런던으로 불러들여 버렸어. 멀리 떨어지길 바랐으면서도, 막상 이렇게 가까이 있으니 설레는 마음이 숨겨지지 않네. 이제 레지날드는 마음과 영혼을 모두 나한테 쏟고 있단다. 너한테 직접 이 편지를 전달하면서 자기를 소개할 거야. 널 오랫동안 만나고 싶어 했거든. 그러니 네가 레지날드와 같이 저녁 시간을 보내주렴. 그 사람이 돌아올 때쯤이면 내가 더는 위험을 감수하지 않아도 될 테니까. 레지날드한테는 지금 몸이 별로 좋지 않아 혼자 있고 싶다고 말해뒀어. 그 사람이 다시 찾아온다면 당혹스러워질 거야. 하인들은 믿을 수 없거든. 그러니까 제발 그 사람이 네 집에서 시간을 보내도록 도와줘. 부담스러운 상대는 아니니까 네가 원하는 대로 얼마든지 즐겁게 지낼 수 있을 거야. 하지만 내가 정말 무엇을 원하는지는 절대 잊지 말고. 레지날드가 계속 런던에 머물게 되면 내가 아주 불행해진다고 모든 이야기를 총동원해 그를 설득해줘. 미망인인 내게 요구하는 내용이 뭔지 넌 이미 잘 알잖아. 실제로도 그런 생각과 행동으로 나 자신을 엄격히 단속하고 있기도 하고 말이야. 하지만 지금 당장은 맨워링 경이 삼십 분 내로 찾아오기로 한 상황인지라 레지날드한테서 벗어나고 싶은 생각뿐이야. 잘 지내!

수잔 버논.

XXXII.

존슨 부인이
친구 레이디 수잔에게

런던 에드워드 스트리트에서.

소중한 친구에게. 난 지금 어떻게 해야 할지 몰라 몹시 괴롭단다. 드 쿠르시 경이 하필 오면 안 되는 시간에 우리 집에 찾아왔어. 맨워링 부인이 자기 후견인과 함께 있고 싶다며 불쑥 우리 집을 찾아왔거든. 하필 내가 집에 없을 때 맨워링 부인이랑 레지날드가 동시에 찾아오는 바람에 상황이 이상하게 돌아가는 데도 한참이나 그 사실을 모르고 있었어. 알았다면 분명히 레지날드를 돌려보냈을 거야. 하지만 그 사람이 응접실에서 나를 기다리고 있는데도 맨워링 부인과 존슨 경이 모르는 척 입을 다물었더라고. 맨워링 부인은 자기 남편을 쫓아서 어제 여기에 왔대. 아마 지금쯤 너도 맨워링 경한테서 들어서 알고 있겠지. 그 여자는 내 남편한테 자기 부부 사이에 끼어들어 달라고 애원하러 왔어. 그 여자가 무슨 의도로 왔는지 내가 알아채기도 전에 네가 숨기고 싶었던 과거의 일들을 전부 내 남편한테 일러버렸지 뭐야. 게다가 그 여자는 자기 남편 하인한테서 네가 런던에 온 후로 맨워링 경이 매일같이 널 찾아간다는 비밀까지 캐냈나 봐. 네가 머무는 곳에서 자기 눈으로 확인까지 했대! 그런 마당에 내가 어쩌겠어! 부정하지 못할 사실만 들이대는데! 아마 내 남편이랑 단둘이 이야기하고 있는 드 쿠르시 경도 지금쯤 그 사실을 모두 알았을 거야. 제발 나를 비난하지 말아줘. 정녕 내 힘으로는 막지 못하는 일이었어. 내 남편은 드 쿠르시 경이 너하고 결혼하려는 의도를 줄곧 의심해왔거든. 그래서 그 사람이 찾아오자 단둘이 이야기하자고 청하더라고. 너한테 위안이 될지 모르지만, 가증스러운 맨워링 부인은 하도 조바심내서 그런지 전보다 훨씬 마르고 못생겨졌더라. 그 여자는 지금도 우리 집에 머물면서 내 남편한테 붙어 있어. 이런 상황에서 내가 뭘 하겠니? 바라건대, 맨워링 경이 자기 부인 심기를 극도로 불편하게 만들어주면 좋겠다. 그런 간절한 바람으로 이 편지를 써.

친구를 신뢰하는,
알리시아.

XXXIII

레이디 수잔이
친구 존슨 부인에게

런던 어퍼 세이모어 스트리트에서.

상황을 알고 나니 화가 더 치미는구나. 하필 그 시간에 당신이 집에 없었다니 얼마나 불운한 일이니! 난 네가 일곱 시쯤에는 집에 있을 거로 생각했는데! 하지만 걱정은 안 해. 그러니까 나 때문에 자책하지 마. 레지날드한테 잘 설명할 자신 있으니까. 맨워링 경은 방금 떠났어. 자기 부인이 런던에 왔다고 알려주더라고. 어리석은 여자, 그 여자는 대체 뭘 기대하고 그런 행동을 했을까? 맨워링 부인은 그냥 랭포드에서 조용히 지냈으면 좋겠어. 레지날드야 처음엔 화를 엄청 내겠지. 하지만 내일 저녁 식사 때쯤이면 모든 일이 다시 다 잘 해결될 거야. 잘 지내!

수잔 버논.

XXXIV.

드 쿠르시가
레이디 수잔에게

호텔에서.

작별인사를 하려고 편지를 씁니다. 어디에 있는지는 굳이 알리지 않겠습니다. 당신이 어떤 사람인지 잘 아니까요. 어제 헤어진 후에 믿을 만한 소식통을 통해 당신의 과거에 대해 들었습니다. 정말 분하지만 그동안 내가 속았다는 사실을 인정할 수밖에 없더군요. 그래서 지금 당장 당신과 헤어지고 다시는 보지 않기로 결정했습니다. 내가 무슨 이야기를 하는지 잘 알 겁니다. 랭포드! 랭포드! 이것으로 충분하겠죠. 존슨 경 집에서 머무는 맨워링 부인한테 직접 들었습니다. 당신을 얼마나 사랑했는지 알 테니 지금 내 기분이 어떨지도 잘 알겠군요. 하지만 내 기분을 당신한테 구구절절 설명할 만큼 나약한 사람은 아닙니다. 더군다나 나를 전혀 사랑하지 않았고 내 비통함을 오히려 의기양양하게 즐기는 그런 여자한테는 말입니다.

레지날드 드 쿠르시.

XXXV.

레이디 수잔이
드 쿠르시에게

런던 어퍼 세이모어 스트리트에서.

당신이 보낸 글을 읽으면서 얼마나 많이 놀랐는지 굳이 설명하지 않을게요. 맨워링 부인이 도대체 뭐라고 해서 당신을 그렇게 이상하게 만들었는지 논리적으로 생각하느라 정신없으니까요. 내가 묵묵히 견뎌왔던 의혹에 대해서 그동안 충분히 설명하지 못했나요? 아니면 심술궂은 세상이 나를 얼마나 나쁘게 생각하는지 제대로 설명하지 못했나요? 대체 무슨 말을 들었기에 그렇게 크게 상처를 받았나요? 내가 그동안 당신한테 무엇을 숨겼다는 거죠? 레지날드, 당신은 말도 못할 정도로 나를 흔들어 놓고 있네요. 맨워링 부인이 나를 질투한다는 옛 소문이 다시 떠돌거나, 아니면 누군가가 다시 그 이야기를 꺼냈다는 생각밖에 안 드네요. 당장 여기로 와서 완전히 이해되지 않는 부분이 무엇인지 설명해보세요. 랭포드에서 있었던 저에 대한 그 어떤 소문도 당장 우리가 만나야 하는 이유보다 더 중요하진 않다고 생각해요. 서로 헤어질 거면, 당신이 떠나는 상황을 순순히 받아들이는 편이 보기 좋을 거예요. 하지만 지금 당장은 그럴 생각이 전혀 없어요. 사실, 지금 난 주저앉아버릴 만큼 너무 심각한 상태예요. 당신 편지를 읽은 지 얼마 안 됐으니까요. 나한테서 모욕감을 느꼈다는 상황이 이해되기는 하지만, 그것이 사실이라고 인정하지는 못하겠어요. 당신이 올 때까지 계속 기다릴게요.

수잔 버논.

XXXVI.

드 쿠르시가 레이디 수잔에게

호텔에서.

대체 왜 답장을 쓴 겁니까? 무슨 이유로 나한테 자세히 설명해달라고 하는 거죠? 그렇게 알고 싶다면, 부군이 살아있을 때는 물론 돌아가신 후에 당신이 저지른 악행을 기꺼이 내가 아는 대로 전부 설명해드리죠. 나도 다른 사람들처럼 당신을 만나기 전에는 소문을 그대로 믿었습니다. 하지만 당신은 교묘하게 사실을 왜곡해 내 생각을 바꿔놔 반박하지 못하게 만들었죠. 그뿐만이 아닙니다. 나는 당신이 맨워링 경과 한동안 특별한 관계를 맺었고 여전히 그 관계가 이어지고 있다는 사실도 알고 있습니다. 나 같은 사람은 감히 상상조차 못 할 일이지만, 당신은 환영해준 가족에 대한 보답으로 그 가정의 평화를 깨뜨렸더군요. 랭포드를 떠난 후에는 부인과 서신을 교환하는 척하면서 맨워링 경과 편지를 주고받았고요. 요즘 그 남자가 매일 당신을 찾아간다는 사실도 잘 알고 있습니다.

감히 이 모든 내용을 부인할 수 있나요? 모두 내가 당신과 연인 사이일 때 벌어졌다는 사실을 말입니다! 나는 그저 당신한테 놀아났던 겁니다! 그나마 다행입니다. 불만도 후회도 없습니다. 모두 어리석었던 내 탓이니까요. 하지만 과거의 고통에서 벗어나지 못해 이제는 정신까지 위태로워 보이는 불쌍한 맨워링 부인은 어떻게 위로할 겁니까! 내가 여기서 멈추게 된 이유는 맨워링 부인이 진심으로 고백했기 때문입니다. 이 정도 설명했으니 내가 이별을 고하는 이유가 더는 궁금하진 않겠죠. 이성을 되찾고 나니 순진했던 나 자신을 탓하기보다 엄청난 계략으로 날 농락해온 당신이란 여자를 증오하게 됐습니다.

레지날드 드 쿠르시.

레이디 수잔이
드 쿠르시에게

런던 어퍼 세이모어 스트리트에서.

이제야 만족스럽네요. 이 짧은 편지를 읽고 지워버린다면 이제 아무것도 당신을 괴롭히지 않을 테니까요. 2주 전만 해도 당신이 그렇게 원했던 약혼은 이제 말도 안 되는 일이 됐네요. 당신 부모님께서 하신 신중한 충고가 헛되지 않아 다행입니다. 이렇게 자식 된 도리를 다했으니 곧 평화가 찾아오겠죠. 이 실망스러운 상황에서도 나는 어떻게든 살아남아 보겠다는 희망을 품을 생각입니다.

수잔 버논.

존슨 부인이
친구 레이디 수잔에게

런던 에드워드 스트리트에서.

난 지금 너무 슬퍼. 솔직히 말해서, 네가 드 쿠르시와 헤어졌다는 소식은 놀랍지 않았어. 드 쿠르시 경이 존슨 경한테 편지로 알렸거든. 남편이 말하길 오늘 그 사람이 런던을 떠난대. 네 슬픔을 나도 함께한다는 사실은 꼭 믿어주렴. 그리고 당분간 너와 편지로도 교류하지 못한다는 말에 화내지 않길 바라. 나도 너무 우울하거든. 하지만 존슨 경이 너랑 계속 친구로 지내면 여생을 시골에서 보내겠다고 선언해버렸지 뭐야. 다른 방법도 있는데 왜 그렇게 극단적인 방법을 골랐는지 모르겠어. 아마 너도 맨워링 부부가 헤어졌다는 소식은 이미 들었을 거야. 난 맨워링 부인이 언제 또 우리 집으로 들이닥칠지 몰라 두려워. 자기 남편을 너무 사랑하는 여자니까 엄청 조바심 내며 지내겠지. 그 여자는 아마 그래서 오래 살지 못할 거야.

참, 맨워링 양이 이모와 함께 런던에 도착했어. 맨워링 양이 런던을 떠나기 전에 제임스 마틴 경을 다시 자기 남자로 만들겠다고 선언했다더라고. 내가 너라면 제임스 경을 확실히 내 편으로 만들 거야.

드 쿠르시에 대한 내 의견을 깜빡했네. 그를 봤을 때 정말 기뻤어. 맨워링 경만큼 아주 잘 생겼더라고. 내 생각이긴 하지만 그렇게 활발하고 상냥한 표정을 한 사람이라면 누구나 첫눈에 호감을 느낄 거야. 안타깝게도 드 쿠르시 경과 내 남편 존슨 경은 이제 세상에서 가장 친한 친구가 되었단다. 사랑하는 수잔, 잘 지내. 이 모든 일로 네가 너무 곤란해지질 않길 바라. 괜히 랭포드에 가서 이렇게 불행해졌네! 하지만 네가 잘 해보려고 노력하는 만큼 그 운명대로 될 거라 난 믿어.

진심으로 널 아끼는,
알리시아.

XXXIX.

레이디 수잔이
친구 존슨 부인에게

런던 어퍼 세이모어 스트리트에서.

사랑하는 알리시아, 당분간 거리를 둬야 하는 현실을
받아들일게. 그런 상황에서 너한테 다른 선택권은 없을
테니까. 하지만 이 일로 우리의 우정이 흔들리지는 않을
거야. 내가 그랬듯이 네가 독립하는 행복한 시간이 올 때
우리는 다시 변함없는 우정을 쌓을 거야. 이제 조바심 내
며 그날이 오기만을 기다리겠네. 그리고 내 상황에 대해
안심시켜 줄게. 요즘처럼 나 자신이 만족스럽고 마음 편
하게 지내본 적도 없는 것 같아. 당연히 네 남편을 혐오
하고, 레지날드도 경멸하지. 두 사람을 다시 볼 일이 없
어져서 오히려 안도감이 든단다. 내가 기뻐해야 할 이유
가 충분하거든. 맨워링 경은 어느 때보다 헌신적이야. 둘
다 자유로워진 지금 그 사람이 청혼한다면 아마 거절하지
못할 거야. 맨워링 부인이 네 집에서 함께 지낸다면 우
리가 결혼할 시기는 더 빨라지겠지. 그 여자를 감정적으

로 지치게 만들어 전 남편에 대한 애착이 사라지도록 네가 도와줄 테니까. 그 부분에 대해서는 네 우정을 믿을게. 돌이켜보니 레지날드랑 결혼하지 않아서 다행이라는 생각이 들어. 프레데리카도 그 사람이랑은 결혼시키지 않기로 마음먹었어. 내일 처치힐로 가서 그 아이를 데려오려고. 그렇게 되면 마리아 맨워링 양이 앞으로 생길 일을 두려워하게 되겠지. 무슨 일이 있어도 프레데리카는 제임스 경의 부인이 돼서 내 집을 떠나게 될 거야. 그 아이야 훌쩍일 게 뻔해. 버논 부부도 화를 낼 거고. 하지만 더는 그 사람들을 신경 쓰지 않을 거야. 변덕스러운 사람들한테 일일이 계획을 허락받는 데 지쳤거든. 그래야 할 의무도 없잖아. 존중하지도 않는 사람들이랑 생각이 다르다는 이유로 내 결정을 포기하며 사는 것도 이젠 질렸어. 그동안 너무 많이 포기했고, 너무 쉬운 방식으로만 살아온 것 같아. 이제 프레데리카도 제 엄마가 달라졌다는 사실을 알게 될 거야. 사랑하는 친구, 잘 지내. 존슨 경의 통풍이 악화하는 날이 얼른 오면 좋겠구나! 나를 영원히 변하지 않는 친구로 생각해줘.

수잔 버논.

XL.

레이디 드 쿠르시가
딸 버논 부인에게

사랑하는 캐서린에게. 기쁜 소식을 알려주마. 레지날드가 돌아왔단다. 내가 아침에 편지를 부쳐야 런던에 간 레지날드 때문에 초조해하는 너의 근심을 빨리 덜 수 있겠단 생각이 들었다. 레지날드가 돌아왔으니 말이야. 레이디 수잔과 결혼할 테니 허락해달라고 돌아온 게 아니라, 완전히 헤어졌다는 이야기를 하려고 왔다는구나. 집에는 한 시간 정도만 있다 나가버려 자세한 내용은 모르겠어. 너무 우울해 보여서 차마 물어보지 못했거든. 어떻게 된 일인지 곧 알게 되겠지. 레지날드가 태어난 날 이후로 그 아이 때문에 이렇게 기뻐한 적도 없는 것 같구나. 더는 바라는 게 없지만, 굳이 꼽으라 하면 네가 이곳에 다녀가는 거란다. 네가 여기서 꽤 오래 지내다 가면 좋겠어. 사위가 바쁘지 않길 바라야겠지. 손자, 손녀들도 전부 보고 싶구나. 물론 네 조카를 데려와도 괜찮단다. 사실 그 아이를 꼭 만나보고 싶거든. 레지날드도 떠난 데다, 처치힐에서 오는 사람도 아무도 없어서 정말 쓸쓸하고 힘든 겨울을 보냈단다. 이렇게 우울한 계절은 처음이었어. 가족이 모두 모이면 다시 힘이 날 것 같구나. 프레데리카 생각을 많이 했단다. 레지날드가 예전처럼 활기찬 모습을 되찾으면 그 아이 마음을 다시 한 번 훔쳐보자꾸나. 이엄만 머지않아 그 두 사람이 손을 맞잡은 모습을 보게 될 거라고 믿는단다.

사랑하는 엄마
C. 드 쿠르시.

버논 부인이
어머니 레이디 드 쿠르시에게

처치힐에서.

사랑하는 어머니, 편지를 보고 정말 깜짝 놀랐어요! 두 사람이 정말 헤어진 게 사실인가요? 완전히 헤어졌대요? 그게 진짜라면 정말 기쁜 일이네요. 이제는 어머니께서 안심하셔도 되겠어요. 레지날드가 정말 돌아오다니! 레지날드가 파크랜드로 돌아간 수요일에 여기서는 더 놀라운 일이 있었답니다. 불청객 레이디 수잔이 갑자기 들이닥쳤거든요. 그 여자는 레지날드랑 완전히 헤어지기는커녕 런던에서 결혼한 것처럼 만면에 웃음을 띠고 있던걸요. 두 시간 정도 머물렀는데 여느 때처럼 다정하고 쾌활해서 두 사람 사이가 틀어진 줄은 전혀 생각도 못 했어요. 레이디 수잔한테 런던에서 동생을 만났느냐고 물어봤거든요. 아시겠지만, 헤어진 사실을 몰랐던 터라 그 여자 얼굴을 보며 물었죠. 전혀 당황하는 기색 없이 월요일에 만났다고만 대답하더라고요. 레지날드가 이미 집으로 돌아갔을 거라고 하긴 했지만, 그 여자 말을 믿을 수가 있어야죠.

참, 어머니의 초대는 기쁜 마음으로 받겠습니다. 다음 주 목요일에 아이들을 데리고 찾아뵐게요. 제발 그때까지 레지날드가 런던으로 다시 가는 일은 생기지 않길 바라요! 프레데리카랑 같이 가고 싶지만 레이디 수잔이 사람을 시켜 그 아이를 벌써 데려갔답니다. 그 아이한테는 정말 불행한 일이지만 계속 붙잡아 둘 방법이 없더라고요. 정말 보내고 싶지 않았어요. 남편도 마찬가지 생각이었고요. 하지만 레이디 수잔이 자기가 앞으로 몇 달간 런던에 머무를 예정인데 프레데리카가 없으면 힘들 것 같다면서 데려가서 그곳 선생들한테 맡기겠다고 선언을 하지 뭐예요. 아시겠지만 그 여자가 겉으로는 정중하고 바르게 행동하잖아요. 그러다 보니 남편은 조카가 앞으로 따뜻한 보살핌을 받을 거라고 믿더라고요. 저도 그렇게 믿어지면 좋은데, 도무지 그렇게 안 되네요. 가엾은 그 아이는 정말 마음 아파하면서 우리를 떠났답니다. 그 아이한테 자주 편지 쓰라고 했어요. 힘들 때마다 우리는 항상 자기편이라는 사실도 잊지 말라고 당부했죠. 조금이라도 위로가될까 싶어 그 아이만 따로 불러 이야기를 하긴 했는데, 런던에서 제가 직접 확인하기 전까지는 안심하지 못할 것 같아요. 어머니께서 편지 끝부분에 쓰신 대로 저도 레지 날드랑 프레데리카가 잘되기를 바란답니다. 하지만 지금 상황에서는 쉽지 않아 보이네요.

사랑하는 딸,
캐서린 버논.

결말

이렇게 편지를 주고받았던 몇몇 이들이 서로 만나고 헤어지면서 연락이 끊어진 탓에 우체국 역시 수익이 많이 줄었다. 이따금 버논 부인과 조카 프레데리카만 편지를 주고받았다. 버논 부인은 프레데리카가 쓴 문체를 보고 자기들이 주고받는 편지를 그 아이의 엄마가 감시한다는 사실을 알아챘다. 그래서 버논 부인은 특별한 질문은 대부분 런던에 가서 직접 물어보기로 하고, 더는 편지를 세세하게 쓰지 않았다. 그러는 동안 다시 관계가 돈독해진 동생한테서 레이디 수잔과의 관계에서 있었던 이야기를 들으면서 그 여자가 자기 생각보다 더 형편없이 추락했다는 사실을 확인했다. 그리고 어떻게 하면 그런 엄마한테서 프레데리카를 구해내 대신 보살펴줄 방법을 심각하게 고민했다. 불가능해 보였지만, 조카를 데려오려면 동서의 허락을 받아야 하는 만큼 그동안 시도하지 않았던 일에 직접 부딪쳐 보기로 마음먹었다. 이렇게 결론을 내린 버논 부인은 런던 방문 일정을 더 일찍 앞당기길 원했다. 그녀는 남편한테 부탁했고, 버논 경은 런던에 갈 적당한 핑곗거리를 찾아내 부부는 곧장 런던으로 떠났다. 속으로 걱정을 너무 많이 했던 터라 버논 부인은 런던에 도착하자마자 레이디 수잔을 찾아갔다. 여전히 편안하고 밝은 모습으로 자신을 맞이하는 레이디 수잔을 보고 버논 부인은 두려움에 휩싸였다. 레지날드에 대한 기억은커녕 죄책감조차 느끼지 않는 모습에 당황했기 때문이다. 레이디 수잔은 매우 잘 지내고 있었다. 시동생과 동서한테 그동안 베풀어준 친절함에 고맙다고 인사했지만, 동시에 런던 사교계에서 만끽하는 즐거움을 과시하기도 했다. 다행히 프레데리카 역시 레이디 수잔처럼 변하지 않았다. 변함없이 차분하지만 여전히 제 엄마 앞에서는 소심해지는 조카를 직접 보자, 버논 부인은 그 아이가 얼마나 불행하게 지내는지 알 수 있었다. 그리고 그런 상황을 바꾸기로 한 자기 생각을 확고하게 굳혔다. 하지만 레이디 수잔은 흠잡을 데 없이 매우 친절했다. 게다가 제임스 경 이야기도 쏙 들어갔다. 런던을 떠나버린 그 이름은 대화에 거의 등장하지도 않았다. 레이디 수잔은 이제 자기 삶은 오직 프레데리카의 행복과 성장에만 중점을 두고 있으며, 부모가 바라는 기대치 이상으로 매일 발전하는 딸을 보면서 큰 기쁨을 느끼며 감사하고 있다고 말했다. 레이디 수잔에 대한 자기 생각이 확고한 버논 부인은 그런 변화를 선뜻 믿지 않으면서도 놀라워했다. 그리고 자기 계획이 생각보다 더 어려워질 것 같아 두려웠다. 하지만 레이디 수잔이 프레데리카가 런던에서도 처치힐에 있을 때만큼 잘 지내는 것처럼 보이느냐고 물어보자 처음으로 희망이 보였다. 런던 생활이 딸에게 잘 맞는지 의문이 든다고 레이디 수잔이 스스로 고백한 것이나 다름없는 질문이었기 때문이다. 자신감을 되찾은 버논 부인은 조카를 다시 시골로 데리고 가는 게 좋지 않겠냐고 제안했다. 레이디 수잔은 동서가 베푼 친절은 고맙지만 여러 가지 걸리는 일이 많아 도저히 딸과 떨어질 수 없다고 대답했다. 머릿속으로 구체적인 계획을 세우진 않았지만 레이디 수잔은 자기가 마음만 먹으면 언제든지 직접 딸을 시골로 데려갈 수 있다고 자신하고 있었다. 그래서 버논 부인이 자기한테 처음으로 베푼 호의를 그냥 거절하기로 마음먹었다. 계속 거절했지만, 버논 부인은 좀처럼 물러서지 않았다. 인내심을 갖고 계속 제안했다. 며칠이 지나자 레이디 수잔의 거절도 다소 약해졌다. 마침 운 좋게 독감이 유행하는 바람에 생각보다 빨리 결론이 났다. 딸을 감염의 위험에서 벗어나게 해야 한다는 모성애 가득한 두려움 덕분에 레이디 수잔이 정신을 차렸기 때문이다. 다행히 자기 딸이 체질적으로 유행성 감기를 가장 조심해야 한다는 사실을 잘 알고 있었던 것이다!

프레데리카는 작은아버지 내외와 함께 처치힐로 돌아갔다. 3주 후 레이디 수잔은 제임스 마틴 경과 결혼한다는 소식을 전해왔다. 그 소식을 듣고서야 버논 부인은 그동안 품었던 한 가지 의구심이 해결됐다. 레이디 수잔은 처음부터 프레데리카를 떼어놓을 생각이었는데, 구태여 자기가 나서서 그 여자 짐을 대신 덜어줬던 것이다. 애초에 프레데리카가 처치힐에서 지내기로 한 기간은 6주였다. 한두 번 다정한 편지를 보내 런던으로 돌아오라고 했지만, 레이디 수잔은 프레데리카가 원하는 만큼 더 있어도 된다고 기꺼이 허락했다. 두 달째 됐을 때 돌아오라는 편지가 멈췄고, 이후로 연락은 완전히 끊겼다. 그렇게 프레데리카는 작은아버지의 가족으로 자리를 잡았다. 레이디 수잔한테 농락당한 아픈 기억 때문에 연애도 포기하고 이성을 증오하게 된 레지날드는 프레데리카랑 다시 이야기하고 마음을 열어 연애하려면 일 년 정도 걸릴 것 같다. 보통 삼 개월이면 충분하지만, 레지날드가 입은 상처는 그리 쉽게 아물만한 게 아니지 않은가. 레이디 수잔이 두 번째 결혼에서 행복했는지는 알 수 없다. 그 여자의 대답을 누가 알 수 있으랴? 그저 있을 법한 내용을 짐작해 세상이 판단하겠지. 그 여자는 여전히 자신만 생각할 뿐 남편은 안중에도 없다. 양심의 가책 역시 느끼지 않는다. 새 남편이 된 제임스 경만 어리석었던 지난 과거보다 더 가혹한 운명을 맞이하게 됐다. 언젠가는 모든 이가 그를 불쌍하게 생각하는 날이 올 것이다. 하지만 고백하건대 제일 불쌍한 사람은 맨워링 양이다. 제임스 경을 되찾으려고 런던으로 와 치장하는데 돈을 많이 써, 이후 이년 동안이나 빈곤에 시달려야만 했다. 게다가 결과적으로 자기보다 열 살이나 더 나이 많은 여자한테 제임스 경까지 빼앗기지 않았는가.

작가 소개

제인 오스틴(Jane Austen)

제인 오스틴은 1775년 12월 16일 영국 햄프셔 주 스티븐턴에서 교구 목사 가정의 팔 남매 중 일곱째로 태어났다. 어려서부터 독서를 좋아했고, 열두 살 때부터 소설을 썼다. 1793년 첫 단편소설 《레이디 수잔 Lady Susan》을 집필했고, 1795년에는 《엘리너와 메리앤》이라는 첫 장편 소설을 완성했다. 이 소설은 이후에 개작돼 《이성과 감성》으로 재탄생했다. 1796년에는 직접 경험한 사랑의 아픔을 바탕으로 《첫인상》을 집필했는데, 소설에 소질이 있다고 생각한 아버지가 이 작품을 한 출판사에 보냈으나 출판을 거절당했다. 하지만 오스틴은 이후에도 습작과 초기 작품의 개작을 계속했다. 1805년 아버지가 사망하고 경제적으로 어려워져 3년간 형제와 친척, 친구의 집을 전전하다가, 아내를 잃은 셋째 오빠의 권유로 햄프셔 주 초턴에 정착해 그곳에서 생을 마감할 때까지 평생 독신으로 살았다. 1811년 레이디(A Lady)라는 익명으로 《이성과 감성 Sense and Sensibility》이 출판됐고, 《첫인상》을 개작한 《오만과 편견 Pride and Prejudice》이 1813년에 출간됐다. 1814년 《맨스필드 파크 Mansfield Park》, 1815년에는 《엠마 Emma》를 출간하며 작가로서 왕성한 활동을 이어갔으나 다음 해 《설득 Persuasion》을 탈고한 후 급격하게 건강이 악화되어 오랫동안 병상에서 지내다 1817년 7월 18일 만 41세의 나이로 사망했다. 같은 해 《노생거 수도원 Northanger Abbey》과 《설득 Persuasion》이 출간됐다. 그녀가 사망한지 52년 후인 1869년에 조카 제임스 에드워드 오스틴 리가 작가의 생전 편지를 포함한 첫 전기인 《제인 오스틴 전기 A Memoir of Jane Austen》 초판을 출간했고, 1871년 《설득》의 개작된 부분과 미발표작 《레이디 수잔》, 미완성 작품 《왓슨 가족》과 《샌디턴》을 수록한 제 2판을 출간해 제인 오스틴의 모든 작품이 발표되어 지금까지 전 세계적으로 많은 사랑을 받고 있다. 제인 오스틴은 1999년 BBC가 진행한 '지난 천 년간 최고의 문학가' 설문조사에서 셰익스피어에 이어 2위로 선정되었으며, 2016년 영국 중앙은행의 발표에 따르면 2017년 9월에 출시할 10파운드 플라스틱 화폐의 인물로도 등장할 예정이다.

제인 오스틴 연보

1775년 12월 16일, 영국 햄프셔 주 스티븐턴 교구 목사 조지

오스틴과 카산드라 리 사이에서 6남 2녀 중

일곱째이자 둘째딸로 태어남.

1783년 언니 카산드라 오스틴과 사촌 제인 쿠퍼와 함께

옥스퍼드에 있는 콜리 부인에게 교육을 받음.

몇 달 뒤 콜리 부인을 따라 사우샘프턴으로 이동했다가

열병이 유행해서 고향 스티븐턴으로 돌아옴.

1785년 언니 카산드라와 함께 레딩에 있는 애비 스쿨에 입학.

1786년 애비 스쿨에서 돌아옴.

1787년 ~ 1793년 습작 활동.

1793년 첫 단편소설 《레이디 수잔 Lady Susan》 집필.

1795년 《엘리너와 메리엔 Elinor and Marianne》 집필 시작.

1796년 첫사랑 톰 르프로이와 사랑에 빠지나 상대방 집안의

반대로 사랑을 이루지 못함.

톰 르프로이를 다르시의 모델로 삼아 《첫인상 First
Impressions》을 집필.

1797년 《엘리너와 메리엔〉을 《이성과 감성 Sense and
Sensibility》으로 개작.

조지 오스틴이 런던의 한 출판사에 《첫인상》의 출간
을 제안하지만 거절당함.

1798년 《수잔 Susan》 집필.

1801년 오스틴 가족이 스티븐턴에서 배스로 이사.

1802년 12월, 해리스 빅 위더로부터 청혼 받음. 청혼을 받아
들였다가 하루 만에 번복.

1803년 《수잔》의 원고를 크로스비 앤 컴퍼니(Crosby &
Co.)에 10파운드에 판매.

《왓슨 가족 The Watsons》 집필 시작하나 완성하지 못함.

1805년 1월 21일, 아버지 조지 오스틴 사망.

워딩에서 가을을 보내며 첫 작품인 《레이디 수잔》의 결론을 보강해 완성.

1806년 배스를 떠나 애들스트롭으로 이사.

1807년 사우샘프턴으로 이사.

1809년 크로스비 앤 컴퍼니에 《수잔》의 출판을 재촉하는 편지를 예명으로 보냄. 크로스비 측에서는 출판시기에 대한 조건은 계약에 없었으며 출판권은 여전히 회사 측에 있으니 권리를 회수하고 싶으면 똑같이 10파운드를 지불하라는 답변을 보냄. 셋째 오빠의 권유로 햄프셔 주 초턴에 위치한 오빠의 집으로 이사 후 정착.

1810년 자비 출판을 조건으로 출판업자 토마스 에거턴과 《이성과 감성》의 출간을 계약.

1811년 《맨스필드 파크 Mansfield Park》 집필 시작.

익명(A Lady)으로 《이성과 감성》 출간.

《첫인상》을 《오만과 편견 Pride and Prejudice》
으로 개작.

1812년 《오만과 편견》 의 원고를
에거턴에게 110파운드에 판매.

1813년 《오만과 편견》 출간. 《맨스필드 파크》 탈고.

1814년 《엠마 Emma》 집필 시작. 《맨스필드 파크》 출간.
1815년 《엠마》 탈고 및 출간. 《설득 Persuasion》 집필 시작.
1816년 봄, 몸 상태가 나빠짐을 느끼기 시작. 《설득》 완성.

1817년 《샌디턴 Sanditon》 집필 시작하나 건강 악화로 중단.

4월 27일, 유언장을 작성.

5월 24일, 언니 카산드라가 치료를 위해
오스틴을 윈체스터로 데려감.

7월 18일, 만 41세를 일기로 사망.

12월, 오빠 헨리 오스틴이 《수잔》의 제목을
《노생거 사원 Northanger Abbey》으로 바꾼 후
《설득》과 함께 출간.

1869년 조카 제임스 에드워드 오스틴 리가
《제인 오스틴 전기 A Memoir of Jane Austen》초판 출간.

1871년 미출간 단편소설 《레이디 수잔》과 미완성작
《샌디턴》, 《왓슨 가족》이 수록된 《제인 오스틴 전기》
제2쇄본 출간.

옮긴이의 말

제인 오스틴의 미발표 처녀작 〈레이디 수잔〉 재조명

《레이디 수잔》을 처음 접했을 때 국내에도 높은 마니아층을 갖고 있는 제인 오스틴의 작품 중에 아직 번역되지 않은 작품이 있다는 사실에 놀랐다. 결코 길지 않은 마흔 여 통의 서간문이건만 이 작품은 번역본은커녕, 국내외를 통틀어 몇몇 논문에서 짧게 언급되는 게 다였다. 공식적으로 출간된 제인 오스틴의 일곱 편의 작품 중 대체 왜 이 작품만 유일하게 외면을 받고 있는지 그 이유가 궁금해 번역을 시작하게 됐다.

《레이디 수잔》은 제인 오스틴이 열여덟 살인 1793년에서 1794년에 집필한 것으로 추정되는 그녀의 처녀작으로, 다른 장편 소설을 쓰느라 제대로 마무리하지 못하다가 십여 년 후에 '결론' 부분을 보강해 1805년에 완성한 작품이다. 넷째 오빠인 헨리 오스틴과 사촌이자 헨리의 아내가 되는 엘리자 드 푀이드의 연애사에서 영감을 얻은 작품 중 하나로도 알려져 있다. 좀 더 다듬을 필요가 있다고 생각했는지, 아니면 그동안 발표한 장편에 비해 부각되지 않는 단편이라 굳이 세상에 내놓고 싶지 않았는지 모르겠지만, 작가는 살아있는 동안 이 작품을 공식적으로 발표하지 않았다. 작가가 사망한 지 54년이 흐른 1871년에야 조카 제임스 에드워드 오스틴 리가 출간한 《제인 오스틴 전기》 제2쇄 본에서 《설득》의 개작된 부분, 미완성작 《왓슨 가족》, 《샌디턴》 두 편과 함께 미발표된 작품이 소개되면서 세상에 공개되었다.

작가의 전기는 생전에 모든 작품을 '레이디(A lady)'라는 익명으로 발표해 제대로 평가받지 못한 제인 오스틴을 위해 그 가족들이 준비해 출간한 작품으로, 당시 가족들은 그동안 쌓아온 작가의 명성에 해가 된다며 미발표작과 미완성작의 수록을 반대했다고 한다.

특히 《레이디 수잔》의 경우, 로맨스의 여왕 제인 오스틴의 완성작임에도 불구하고 작가가 스무 살도 채 되지 않은 초창기에 쓴 미숙한 습작으로 평가받으며 그동안 빛을 보지 못했다. 논리적인 맥락을 놓치지 않고 촘촘히 이어지는 마흔여 통의 편지글에 비해 마지막 결론 부분이 조금 성급하게 마무리되는듯한 아쉬움이 있지만, 번역하는 동안 이 작품이 기대 이상으로 작가의 대표작들과 겹치는 부분이 많다는 사실에 놀라면서, 제인 오스틴의 작품 세계에 생각보다 상당히 큰 영향력을 끼친 작품임에도 불구하고 그동안 너무 홀대받지 않았느냐는 의문이 들었다. 여섯 편의 장편 소설과 비교해서 맥락과 인물묘사가 전혀 손색없었기에, 제인 오스틴이라는 작가가 유년시절부터 발휘해온 천부적인 재능에 오히려 감탄했고, 지금까지 그 가치를 제대로 인정받지 못하고 있다는 점이 안타까웠다. 그래서 이번 기회를 통해 《레이디 수잔》이라는 작품의 의의를 재조명하고자 한다.

"순수한 여주인공의 결말은 바로 해피엔딩이라는 로맨스 공식을 완성한 제인 오스틴! 하지만 그녀 작품 속 최초의 여주인공이 해피엔딩과는 거리가 먼, 전혀 도덕적이지 않은 팜므파탈이라면?! 로맨스의 대명사 제인 오스틴이 18세기 말에 그려낸 속물적이지만 당당한 21세기형 여성, 레이디 수잔"

제목에서 드러나는 이 책의 주인공 레이디 수잔은 제인 오스틴의 작품에 등장하는 도덕적이고 순수한 다른 여주인공들과는 완전히 정반대의 인물이다. 남편과 사별한 지 얼마 되지 않아 재혼을 준비하고 동시에 여러 남자를 유혹하는 팜므파탈이자, 어린 딸에게도 부유한 혼처 자리를 강요하는 이기적인 속물이다. 전혀 도덕적이지 않은 데다 뻔뻔하기까지 해, 사교계는 물론 집안에서도 공공의 적으로 치부된다. 하지만 주위 시선에 아랑곳하지 않고 적극적으로 자기 인생을 개척해가는 강인한 여성이라는 면에서 결코 미워할 수만도 없는 인물이기도 하다. 레이디 수잔은 나이에 비해 젊어 보이는 미모와 풍부한 지적 능력을 활용한 뛰어난 화술, 그리고 당당한 자신감 등 자신의 매력을 적극적으로 어필하며 잘 활용할 줄 아는 진취적인 여성이다. 지적이고 도덕적일지는 모르나 자신의 매력을 활용하는 데에는 다소 소극적이고 답답했던 순수한 여주인공들과는 대조적으로, 레이디 수잔의 치명적인 매력에 휘둘리는 주위 인물들을 보고 있노라면, 왠지 모를 속 시원한 통쾌함과 쾌감이 느껴지기도 한다. 교활한 사기꾼의 특출한 능력쯤으로 치부할 수 있지만, 어떤 상황에서도 당황하지 않고 자신에게 유리한 환경을 유도해내는 그녀의 유려하고 순발력 있는 화술에는 감탄이 절로 나온다. 레이디 수잔 자신도 뛰어난 미모보다 지적이고 위트가 넘치는 화술을 자신의 강점으로 꼽는 것을 보면, 현명하다는 표현이 어울리지 않는 인물이기는 하지만, 상속 재산을 내세우거나 미모만 믿고 백치미를 내세우는 여느 악역과는 달리 소신 있게 자기의 길을 걸어간 영리한 인물임은 틀림없다. 레이디 수잔이 다소 과하게 매력을 어필하며 일명 '어장관리'라 하는 문어발식 연애를 했다는 사실은 분명하지만, 여성이라는 이유로 결혼 말고는 특별한 사회활동이 허용되지 않던 그 시절에 젊은 미망인이 선택할 수 있는 유일한 생존 방법이지 않았을까 하는 측은함도 든다. 미망인으로서 품격을 지키되 시동생에게 생활비를 부탁해야 하는 비굴한 인생이 아니라, 다소 경박해 보이더라도 행복한 제2의 인생과 마음껏 즐기는 사교계 생활을 꿈꾸며 적극적으로 재혼을 추진하는 그녀에게 함부로 손가락질해서는 안 된다고 생각한다. 결과적으로 자기 능력을 지나치게 믿었던 레이디 수잔은 자기 꾀에 스스로 넘어가 손에 쥐고 있던 세 가지 선택지 중에서 최상의 기회를 놓쳐버렸다. 하지만 그런 상황에서도 낙담하지 않고 오히려 당당하게 희망을 이야기하던 그녀는 차선의 선택을 통해 끝끝내 자신이 원하던 삶을 이룬다. 작가의 다른 작품에도 똑 부러지게 할 말 다하는 여성들이야 등장하지만, 당시 시대 상황 때문인지 그들은 뭔가 목표를 세우고 쟁취하려고 하지 않는다. 하지만 레이디 수잔의 경우 여성적인 매력을 끝까지 유지하면서도 남자들을 압도하며, 자신이 세운 목표까지 적극적으로 쟁취해낸다. 18세기 말에 겨우 열여덟 살이었던 어린 소녀가 현재 우리가 살아가는 21세기에 어울리고, 또 이 시대가 추구하는 그런 여성상을 만들어냈다는 그 당돌함에 새삼 놀라움을 숨길 수 없었다.

"짧은 편지글에 담긴 두 여인의 팽팽한 힘겨루기와 매력적인 인물들의 섬세한 생동감! 오해와 갈등, 로맨스와 통쾌한 복수가 고스란히 담겨 있는 마흔여 통의 짧은 대서사시!"

이 작품의 서간체 형식을 한계로 인식하고 그저 그런 단편이라 평가해온 사람들도 있지만, 번역 작업을 할 때는 오히려 흔히 볼 수 없는 서간체 소설이라 신선한 충격과 재미를 느꼈다. 전지적인 하나의 관점에서 서술하는 형식이 아니라, 편지마다 각기 다른 인물이 자신의 입장에서 상황을 해석하고 속마음을 솔직하게 털어놓는 다양한 관점의 독백이 교차 등장하는 형식에서 느껴지는 생생한 심리 묘사 덕분에 지루할 틈이 없었다. 제인 오스틴의 모든 작품에 등장하는 두 가지 주제는 결혼, 그리고 오해와 갈등을 겪는 인간의 심리일 것이다. 그녀의 모든 작품에는 결혼이라는 최종 목표에 이르기까지의 다사다난한 연애사가 등장하며, 그 과정에서 같은 상황이라도 서로 다르게 표현하고 해석하다가 결국 서로 오해하고 갈등하는 인물들의 심리가 세심하게 표현되어 있다. 편지라는 매개체는 인간의 심리라는 두 번째 주제를 부각하는데 효과적인 도구이다. 각자의 입장에서 자기 할 말만 하는 독백이다 보니 인물 간의 서로 다른 표현과 해석의 문제가 극대화되기도 하지만, 자칫 흘려버리거나 진의가 희석되기도 하는 대화에서 벗어나, 객관적인 입장에서 자신의 정확한 의사를 글이라는 증거로 남김으로써 그동안 쌓인 오해와 갈등을 단숨에 해결하는 수단이 되기도 한다. 다 큰 성인 남녀가 속마음을 보여주겠다며 서로 일기장을 교환해 볼 수는 없는 노릇이지 않은가. 공식적인 제인 오스틴의 첫 작품인 《이성과 감성》도 처음에는 이런 서간체 형식이었으나 후에 개작해서 출간되었다고 알려진다. 다양한 인물의 관점이 혼재해서 생기는 독자의 혼란을 줄이기 위해 과감히 서간체 형식을 버렸지만, 작품 곳곳에 자주 등장하는 편지를 보면 작가는 편지글의 효과를 누구보다 잘 알고 제대로 활용했던 것 같다. 다른 작품에서는 인물들이 대화를 나누고 어떤 사건을 겪으며 그동안 쌓인 오해와 갈등을 바로 잡아가며 사건을 해결하는데 꽤 오랜 시간이 걸리지만, 이미 각자의 입장이 다 정리된 《레이디 수잔》의 편지를 읽다 보면 빠르게 흘러가는 생생한 속도감에 짜릿함까지 느껴진다. 특히 이 작품의 큰 뼈대인 레이디 수잔과 버논 부인이라는 동서지간의 팽팽한 힘겨루기는 편지라는 수단을 통해 더 생생하게 부각되고 있다. 마주 보고 있을 때에는 가식적으로 서로를 대하던 두 여인이 각기 친한 친구와 어머니에게 보낸 편지에다 자신의 속마음을 솔직하게 털어놓으며 팽팽하게 대립하는 모습에서, 머리채를 잡고 뒤흔드는 진짜 싸움보다 섬세하면서도 치열한 여인들의 암투가 생생하게 드러난다. 이 작품에 등장하는 편지들은 마흔여 통 모두 짧은 대서사시처럼 흥미진진했다. 여타 편지들처럼 안부를 물으며 시작하는 편지글이지만, 그 속에는 한 여인의 음흉한 계략과 숙적 간의 치열한 갈등, 싹트기 시작한 로맨스, 제 꾀에 넘어간 주인공의 안타까운 결말, 그리고 그 결말이 상징하는 통쾌한 복수까지, 정말 여느 장편 소설 못지않은 다채로운 대서사시가 담겨있다. 특히 레이디 수잔이 레지날드 드 크루시에게 보낸 가식적인 편지와 그동안 유려한 화술에 농락당해온 레지날드가 모든 상황을 파악한 후 냉정함을 되찾고 이별을 고하는 글은 편지라는 수단의 효과가 가장 극적으로 드러나는 이 작품의 하이라이트였다.

"십 대 시절에 끼적거린 미숙한 습작이라고?! 될성싶은 나무는 떡잎부터 알아본다는 말처럼, 제인 오스틴의 모든 작품에 큰 영향을 미친 작가 인생의 출발선인 명작 중의 명작!"

열여덟의 제인 오스틴이 쓴 《레이디 수잔》 속 프레데리카의 편지에는 이런 구절이 있다. "(어머니에게 떠밀려 싫어하는 제임스 경) 그와 결혼하느니 차라리 일거리를 구해 평생 혼자 살겠어요!" 이 구절에는 《레이디 수잔》을 쓴지 십여 년 후 첫사랑에 실패하고 어떤 부유한 남자의 청혼을 수락했다가 다음 날 청혼을 철회하며 독신의 길을 선택한 제인 오스틴 본인의 삶과 신념이 들어있다. 조카에게 애정 없는 결혼 대신 다른 것을 택하

175

고 견디라고 전한 그녀의 조언처럼, 제인 오스틴은 물질적 풍요보다 사랑을 기반으로 한 결혼을 추구했고, 그 신념을 자신의 모든 작품에 고스란히 담았다. 그 출발선이 바로 《레이디 수잔》이다. 물론 다른 작품에서는 여주인공들이 모두 작가의 신념에 따라 사랑이 전제된 결혼을 이뤄냈지만, 정작 《레이디 수잔》의 주인공인 수잔은 그와는 반대의 선택을 했고 오히려 그녀의 딸인 프레데리카가 작가의 신념을 따르는 인생을 살게 된다. 다비슷비슷해 보이는 작가의 장편 여주인공들과는 달리 유일하게 최상의 결말을 맞이하지 못하는 팜므파탈 여주인공을 그리고 있다는 점에서 이 작품의 특별함이 드러난다. 하지만 이런 차별점 외에도 십 대가 끼적거린 미숙한 습작으로 치부하기에는 이 작품이 작가의 이후 작품에 끼친 영향이 상당하다는데 더 큰 의의가 있다. 제인 오스틴의 첫 장편인 《이성과 감성》의 경우 개작되기 전에는 같은 서간체 형식이었으며, 내용 면에서도 인물의 성별이 다르긴 하지만 비도덕적 인물과의 열정적인 첫사랑에 실패한 후 진정한 사랑을 만나는 매리엔이라는 인물이 《레이디 수잔》의 남주인공 레지날드와 겹친다. 만나기도 전부터 생긴 편견을 대화를 통해 깨

부수며 사랑에 빠지는 레지널드와 레이디 수잔은 《오만과 편견》의 다르시와 엘리자베스 커플과 비슷하며, 《설득》에 등장하는 이기적인 앤의 가족과 여주인공이 부자라고 오해하고 일부러 접근하는 《노생거 사원》의 소프 남매는 레이디 수잔과 존슨 부인 바로 그 자체다. 온갖 오지랖을 떨며 타인의 결혼에 앞장서지만 자꾸 꼬이기만 하는 《엠마》의 엠마한테서는 레이디 수잔의 유일한 친구지만 결국 그녀의 인생을 꼬이게 한 장본인인 존슨 부인의 그림자가 보이기도 한다. 무엇보다 문어발식 연애와 간통이라는 비윤리적인 행각까지 비슷한 《맨스필드 파크》의 경우, 이 작품의 모태가 《레이디 수잔》이라는 학계 연구도 등장한 지 오래됐다. 시작은 열여덟 살 소녀의 미숙한 습작이었을지 모르지만, 단언컨대 《레이디 수잔》은 로맨스의 여왕 제인 오스틴의 장편 여섯 작품이 존재하게 된 위대한 출발선임은 분명하다. 비록 제인 오스틴이 생전에 제대로 발표하지는 않았지만, 십 대가 썼다고는 믿기지 않는 섬세한 인물묘사와 논리적인 사건의 흐름은 여느 작품에 못지않다. 작가 자신도 그 부분을 인정했기에 십여 년이라는 세월이 흘러 '결론'을 덧붙여 소설을 완성하면서 형식이나 내용의 큰 틀을 그대로 유지한 것이 아닐까. 작가가 어떤 생각으로 생전에 발표하지 않았는지는 알 수 없지만, 가족의 반대를 무릅쓰고 이 작품을 세상에 선보인 조카 제임스의 신념처럼 《레이디 수잔》은 분명히 로맨스의 대명사 제인 오스틴이 완벽하게 마무리한 완성작이다. 중간에 포기한 미완성작과는 분명히 구별되는 작품이며, 다른 작품들의 시발점이 된 진정한 의미의 처녀작으로서, 그 가치는 반드시 재평가되어야 한다.

될 성싶은 나무는 떡잎부터 알아본다고 작가의 천부적인 재능이 고스란히 담긴 《레이디 수잔》이라는 출발선이 있었기에, 제인 오스틴은 41살이라는 짧은 생애 동안 단 일곱 편의 작품만 남겼음에도 불구하고 로맨스의 여왕으로 불리며 200여 년이 넘는 기간 동안 전 세계의 사랑을 받고 있다. 1999년 BBC가 조사한 '지난 천 년간 최고의 문학가' 설문조사에서 셰익스피어에 이어 2위에 올랐으며, 2016년 영국 중앙은행의 발표에 따라 내년에는 영국의 10파운드 플라스틱 화폐의 인물로도 등장할 예정인 위대한 여류작가 제인 오스틴. 그동안 국내에 제대로 소개되지 않았던 그녀의 유일한 미발표 작품을 재조명한다는데 보람을 느끼며, 국내 첫 번역본인 이 책이 그동안 평가 절하된 이 작품을 재조명하고, 제인 오스틴의 작품 세계를 새로운 시각으로 바라보는 또 다른 출발선이 되길 바란다.

2016년 가을
옮긴이 김은화

부록_레이디 수잔 영문본

I

LADY SUSAN VERNON TO MR. VERNON

Langford, Dec.

MY DEAR BROTHER, —I can no longer refuse myself the pleasure of profiting by your kind invitation when we last parted of spending some weeks with you at Churchhill, and, therefore, if quite convenient to you and Mrs. Vernon to receive me at present, I shall hope within a few days to be introduced to a sister whom I have so long desired to be acquainted with. My kind friends here are most affectionately urgent with me to prolong my stay, but their hospitable and cheerful dispositions lead them too much into society for my present situation and state of mind; and I impatiently look forward to the hour when I shall be admitted into your delightful retirement.

I long to be made known to your dear little children, in whose hearts I shall be very eager to secure an interest I shall soon have need for all my fortitude, as I am on the point of separation from my own daughter. The long illness of her dear father prevented my paying her that attention

181

which duty and affection equally dictated, and I have too much reason to fear that the governess to whose care I consigned her was unequal to the charge. I have therefore resolved on placing her at one of the best private schools in town, where I shall have an opportunity of leaving her myself in my way to you. I am determined, you see, not to be denied admittance at Churchhill. It would indeed give me most painful sensations to know that it were not in your power to receive me.

Your most obliged and affectionate sister,

S. VERNON.

II

LADY SUSAN VERNON TO MRS. JOHNSON

Langford.

You were mistaken, my dear Alicia, in supposing me fixed
at this place for the rest of the winter: it grieves me to say
how greatly you were mistaken, for I have seldom spent
three months more agreeably than those which have just
flown away. At present, nothing goes smoothly; the females
of the family are united against me. You foretold how it
would be when I first came to Langford, and Mainwaring
is so uncommonly pleasing that I was not without
apprehensions for myself. I remember saying to myself, as
I drove to the house, "I like this man, pray Heaven no harm
come of it!" But I was determined to be discreet, to bear
in mind my being only four months a widow, and to be as
quiet as possible: and I have been so, my dear creature; I
have admitted no one's attentions but Mainwaring's. I have
avoided all general flirtation whatever; I have distinguished
no creature besides, of all the numbers resorting hither,
except Sir James Martin, on whom I bestowed a little notice,

in order to detach him from Miss Mainwaring; but, if the world could know my motive THERE they would honour me. I have been called an unkind mother, but it was the sacred impulse of maternal affection, it was the advantage of my daughter that led me on; and if that daughter were not the greatest simpleton on earth, I might have been rewarded for my exertions as I ought.

Sir James did make proposals to me for Frederica; but Frederica, who was born to be the torment of my life, chose to set herself so violently against the match that I thought it better to lay aside the scheme for the present. I have more than once repented that I did not marry him myself; and were he but one degree less contemptibly weak I certainly should: but I must own myself rather romantic in that respect, and that riches only will not satisfy me. The event of all this is very provoking: Sir James is gone, Maria highly incensed, and Mrs. Mainwaring insupportably jealous; so jealous, in short, and so enraged against me, that, in the fury of her temper, I should not be surprized at her appealing to her guardian, if she had the liberty of addressing him: but there your husband stands my friend; and the kindest, most amiable action of his life was his throwing her off for ever on her marriage. Keep up his resentment, therefore, I charge you. We are now in a sad state; no house was ever more altered; the whole party are at war, and Mainwaring scarcely dares speak to me. It is time for me to be gone; I have therefore determined on leaving them, and shall spend, I hope, a comfortable day with you in town within this week. If I am as little in favour with Mr. Johnson as ever, you must come to me at 10 Wigmore street; but I hope this may not be the case, for as Mr. Johnson, with all his faults, is a man to whom that great word "respectable" is always given, and I am known to be so intimate with his wife, his slighting me has an awkward look.

I take London in my way to that insupportable spot, a country village; for I am really going to Churchhill. Forgive me, my dear friend, it is my last resource. Were there another place in England open to me I would prefer it. Charles Vernon is my aversion; and I am afraid of his wife. At Churchhill, however, I must remain till I have something better in view. My young lady accompanies me to town, where I shall deposit her under the care of Miss Summers, in Wigmore street, till she becomes a little more reasonable.

She will made good connections there, as the girls are all of the best families. The price is immense, and much beyond what I can ever attempt to pay.

Adieu, I will send you a line as soon as I arrive in town.

Yours ever,

S. VERNON.

III

MRS. VERNON TO LADY DE COURCY

Churchhill.

My dear Mother, —I am very sorry to tell you that it will
not be in our power to keep our promise of spending our
Christmas with you; and we are prevented that happiness
by a circumstance which is not likely to make us any
amends. Lady Susan, in a letter to her brother—in—law, has
declared her intention of visiting us almost immediately;
and as such a visit is in all probability merely an affair of
convenience, it is impossible to conjecture its length. I was
by no means prepared for such an event, nor can I now
account for her ladyship's conduct; Langford appeared so
exactly the place for her in every respect, as well from the
elegant and expensive style of living there, as from her
particular attachment to Mr. Mainwaring, that I was very
far from expecting so speedy a distinction, though I always
imagined from her increasing friendship for us since her
husband's death that we should, at some future period, be
obliged to receive her. Mr. Vernon, I think, was a great

deal too kind to her when he was in Staffordshire; her behaviour to him, independent of her general character, has been so inexcusably artful and ungenerous since our marriage was first in agitation that no one less amiable and mild than himself could have overlooked it all; and though, as his brother's widow, and in narrow circumstances, it was proper to render her pecuniary assistance, I cannot help thinking his pressing invitation to her to visit us at Churchhill perfectly unnecessary. Disposed, however, as he always is to think the best of everyone, her display of grief, and professions of regret, and general resolutions of prudence, were sufficient to soften his heart and make him really confide in her sincerity; but, as for myself, I am still unconvinced, and plausibly as her ladyship has now written, I cannot make up my mind till I better understand her real meaning in coming to us. You may guess, therefore, my dear madam, with what feelings I look forward to her arrival. She will have occasion for all those attractive powers for which she is celebrated to gain any share of my regard; and I shall certainly endeavour to guard myself against their influence, if not accompanied by something more substantial. She expresses a most eager desire of being acquainted with me, and makes very gracious mention of my children but I am not quite weak enough to suppose a woman who has behaved with inattention, if not with unkindness, to her own child, should be attached to any of mine. Miss Vernon is to be placed at a school in London before her mother comes to us which I am glad of, for her sake and my own. It must be to her advantage to be separated from her mother, and a girl of sixteen who has received so wretched an education, could not be a very desirable companion here. Reginald has long wished, I know, to see the captivating Lady Susan, and we shall depend on his joining our party soon. I am glad to hear that my father continues so well; and am, with best love, &c.,

CATHERINE VERNON.

IV

MR. DE COURCY TO MRS. VERNON

Parklands.

My dear Sister, — I congratulate you and Mr. Vernon
on being about to receive into your family the most
accomplished coquette in England. As a very distinguished
flirt I have always been taught to consider her, but it has
lately fallen in my way to hear some particulars of her
conduct at Langford: which prove that she does not confine
herself to that sort of honest flirtation which satisfies most
people, but aspires to the more delicious gratification of
making a whole family miserable. By her behaviour to Mr.
Mainwaring she gave jealousy and wretchedness to his wife,
and by her attentions to a young man previously attached
to Mr. Mainwaring's sister deprived an amiable girl of her
lover.

I learnt all this from Mr. Smith, now in this
neighbourhood (I have dined with him, at Hurst and
Wilford), who is just come from Langford where he was
a fortnight with her ladyship, and who is therefore well

qualified to make the communication.

What a woman she must be! I long to see her, and shall certainly accept your kind invitation, that I may form some idea of those bewitching powers which can do so much — engaging at the same time, and in the same house, the affections of two men, who were neither of them at liberty to bestow them — and all this without the charm of youth! I am glad to find Miss Vernon does not accompany her mother to Churchhill, as she has not even manners to recommend her; and, according to Mr. Smith's account, is equally dull and proud. Where pride and stupidity unite there can be no dissimulation worthy notice, and Miss Vernon shall be consigned to unrelenting contempt; but by all that I can gather Lady Susan possesses a degree of captivating deceit which it must be pleasing to witness and detect. I shall be with you very soon, and am ever,

Your affectionate brother,
R. DE COURCY.

V

LADY SUSAN VERNON TO MRS. JOHNSON

Churchhill.

I received your note, my dear Alicia, just before I left town, and rejoice to be assured that Mr. Johnson suspected nothing of your engagement the evening before. It is undoubtedly better to deceive him entirely, and since he will be stubborn he must be tricked. I arrived here in safety, and have no reason to complain of my reception from Mr. Vernon; but I confess myself not equally satisfied with the behaviour of his lady. She is perfectly well-bred, indeed, and has the air of a woman of fashion, but her manners are not such as can persuade me of her being prepossessed in my favour. I wanted her to be delighted at seeing me. I was as amiable as possible on the occasion, but all in vain. She does not like me. To be sure when we consider that I DID take some pains to prevent my brother-in-law's marrying her, this want of cordiality is not very surprizing, and yet it shows an illiberal and vindictive spirit to resent a project which influenced me six years ago, and which never succeeded at last.

I am sometimes disposed to repent that I did not let Charles buy Vernon Castle, when we were obliged to sell it; but it was a trying circumstance, especially as the sale took place exactly at the time of his marriage; and everybody ought to respect the delicacy of those feelings which could not endure that my husband's dignity should be lessened by his younger brother's having possession of the family estate. Could matters have been so arranged as to prevent the necessity of our leaving the castle, could we have lived with Charles and kept him single, I should have been very far from persuading my husband to dispose of it elsewhere; but Charles was on the point of marrying Miss De Courcy, and the event has justified me. Here are children in abundance, and what benefit could have accrued to me from his purchasing Vernon? My having prevented it may perhaps have given his wife an unfavourable impression, but where there is a disposition to dislike, a motive will never be wanting; and as to money matters it has not withheld him from being very useful to me. I really have a regard for him, he is so easily imposed upon! The house is a good one, the furniture fashionable, and everything announces plenty and elegance. Charles is very rich I am sure; when a man has once got his name in a banking-house he rolls in money; but they do not know what to do with it, keep very little company, and never go to London but on business. We shall be as stupid as possible. I mean to win my sister-in-law's heart through the children; I know all their names already, and am going to attach myself with the greatest sensibility to one in particular, a young Frederic, whom I take on my lap and sigh over for his dear uncle's sake.

Poor Mainwaring! I need not tell you how much I miss him, how perpetually he is in my thoughts. I found a dismal letter from him on my arrival here, full of complaints of his wife and sister, and lamentations on the cruelty of his fate. I passed off the letter as his wife's, to the Vernons, and when I write to him it must be under cover to you.

Ever yours, S. VERNON.

VI

MRS. VERNON TO MR. DE COURCY

Churchhill.

Well, my dear Reginald, I have seen this dangerous creature, and must give you some description of her, though I hope you will soon be able to form your own judgment. She is really excessively pretty; however you may choose to question the allurements of a lady no longer young, I must, for my own part, declare that I have seldom seen so lovely a woman as Lady Susan. She is delicately fair, with fine grey eyes and dark eyelashes; and from her appearance one would not suppose her more than five and twenty, though she must in fact be ten years older. I was certainly not disposed to admire her, though always hearing she was beautiful; but I cannot help feeling that she possesses an uncommon union of symmetry, brilliancy, and grace. Her address to me was so gentle, frank, and even affectionate, that, if I had not known how much she has always disliked me for marrying Mr. Vernon, and that we had never met before, I should have imagined her an attached friend. One is apt, I believe, to connect assurance of manner with coquetry, and to expect that an impudent address will naturally attend an impudent mind; at least I was myself prepared for an improper degree of confidence in Lady Susan; but her countenance is absolutely sweet, and her voice and manner winningly mild. I am sorry it is so, for what is this but deceit? Unfortunately, one knows her too well. She is clever and agreeable, has all that knowledge of the world which makes conversation easy, and talks very well, with a happy command of language, which is too often used, I believe, to make black appear white. She has already almost persuaded me of her being warmly attached to her daughter, though I have been so long convinced to the contrary. She speaks of her with so much tenderness and anxiety, lamenting so bitterly the neglect of her education, which she represents however as wholly unavoidable, that I am forced to recollect how many successive springs her ladyship spent in town, while her daughter was left in Staffordshire to the care of servants, or a governess very little better, to prevent my believing what she says.

If her manners have so great an influence on my

resentful heart, you may judge how much more strongly they operate on Mr. Vernon's generous temper. I wish I could be as well satisfied as he is, that it was really her choice to leave Langford for Churchhill; and if she had not stayed there for months before she discovered that her friend's manner of living did not suit her situation or feelings, I might have believed that concern for the loss of such a husband as Mr. Vernon, to whom her own behaviour was far from unexceptionable, might for a time make her wish for retirement. But I cannot forget the length of her visit to the Mainwarings, and when I reflect on the different mode of life which she led with them from that to which she must now submit, I can only suppose that the wish of establishing her reputation by following though late the path of propriety, occasioned her removal from a family where she must in reality have been particularly happy. Your friend Mr. Smith's story, however, cannot be quite correct, as she corresponds regularly with Mrs. Mainwaring. At any rate it must be exaggerated. It is scarcely possible that two men should be so grossly deceived by her at once.

Yours, &c.,

CATHERINE VERNON

VII

LADY SUSAN VERNON TO MRS. JOHNSON

Churchhill.

My dear Alicia,—You are very good in taking notice
of Frederica, and I am grateful for it as a mark of
your friendship; but as I cannot have any doubt of the
warmth of your affection, I am far from exacting so
heavy a sacrifice. She is a stupid girl, and has nothing to
recommend her. I would not, therefore, on my account,
have you encumber one moment of your precious time by
sending for her to Edward Street, especially as every visit
is so much deducted from the grand affair of education,
which I really wish to have attended to while she remains
at Miss Summers's. I want her to play and sing with some
portion of taste and a good deal of assurance, as she has
my hand and arm and a tolerable voice. I was so much
indulged in my infant years that I was never obliged to
attend to anything, and consequently am without the
accomplishments which are now necessary to finish a
pretty woman. Not that I am an advocate for the prevailing

fashion of acquiring a perfect knowledge of all languages, arts, and sciences. It is throwing time away to be mistress of French, Italian, and German: music, singing, and drawing, &c., will gain a woman some applause, but will not add one lover to her list—grace and manner, after all, are of the greatest importance. I do not mean, therefore, that Frederica's acquirements should be more than superficial, and I flatter myself that she will not remain long enough at school to understand anything thoroughly. I hope to see her the wife of Sir James within a twelvemonth. You know on what I ground my hope, and it is certainly a good foundation, for school must be very humiliating to a girl of Frederica's age. And, by–the–by, you had better not invite her any more on that account, as I wish her to find her situation as unpleasant as possible. I am sure of Sir James at any time, and could make him renew his application by a line. I shall trouble you meanwhile to prevent his forming any other attachment when he comes to town. Ask him to your house occasionally, and talk to him of Frederica, that he may not forget her. Upon the whole, I commend my own conduct in this affair extremely, and regard it as a very happy instance of circumspection and tenderness. Some mothers would have insisted on their daughter's accepting so good an offer on the first overture; but I could not reconcile it to myself to force Frederica into a marriage from which her heart revolted, and instead of adopting so harsh a measure merely propose to make it her own choice, by rendering her thoroughly uncomfortable till she does accept him—but enough of this tiresome girl. You may well wonder how I contrive to pass my time here, and for the first week it was insufferably dull. Now, however, we begin to mend, our party is enlarged by Mrs. Vernon's brother, a handsome young man, who promises me some amusement. There is something about him which rather interests me, a sort of sauciness and familiarity which I shall teach him to correct. He is lively, and seems clever, and when I have inspired him with greater respect for me than his sister's kind offices have implanted, he may be an agreeable flirt. There is exquisite pleasure in subduing an insolent spirit, in making a person predetermined to dislike acknowledge one's superiority. I have disconcerted him already by my calm reserve, and it shall be my endeavour to humble the pride of these self important De Courcys still lower, to convince Mrs. Vernon that her sisterly cautions have been bestowed in vain, and to persuade Reginald that she has scandalously belied me. This project will serve at least to amuse me, and prevent my feeling so acutely this dreadful separation from you and all whom I love.

Yours ever,

S. VERNON.

VIII

MRS. VERNON TO LADY DE COURCY

Churchhill.

My dear Mother, — You must not expect Reginald back again
for some time. He desires me to tell you that the present
open weather induces him to accept Mr. Vernon's invitation to
prolong his stay in Sussex, that they may have some hunting
together. He means to send for his horses immediately, and
it is impossible to say when you may see him in Kent. I will
not disguise my sentiments on this change from you, my
dear mother, though I think you had better not communicate
them to my father, whose excessive anxiety about Reginald
would subject him to an alarm which might seriously affect
his health and spirits. Lady Susan has certainly contrived,
in the space of a fortnight, to make my brother like her. In
short, I am persuaded that his continuing here beyond the
time originally fixed for his return is occasioned as much
by a degree of fascination towards her, as by the wish of
hunting with Mr. Vernon, and of course I cannot receive
that pleasure from the length of his visit which my brother's

company would otherwise give me. I am, indeed, provoked at the artifice of this unprincipled woman; what stronger proof of her dangerous abilities can be given than this perversion of Reginald's judgment, which when he entered the house was so decidedly against her! In his last letter he actually gave me some particulars of her behaviour at Langford, such as he received from a gentleman who knew her perfectly well, which, if true, must raise abhorrence against her, and which Reginald himself was entirely disposed to credit. His opinion of her, I am sure, was as low as of any woman in England; and when he first came it was evident that he considered her as one entitled neither to delicacy nor respect, and that he felt she would be delighted with the attentions of any man inclined to flirt with her. Her behaviour, I confess, has been calculated to do away with such an idea; I have not detected the smallest impropriety in it—nothing of vanity, of pretension, of levity; and she is altogether so attractive that I should not wonder at his being delighted with her, had he known nothing of her previous to this personal acquaintance; but, against reason, against conviction, to be so well pleased with her, as I am sure he is, does really astonish me. His admiration was at first very strong, but no more than was natural, and I did not wonder at his being much struck by the gentleness and delicacy of her manners; but when he has mentioned her of late it has been in terms of more extraordinary praise; and yesterday he actually said that he could not be surprised at any effect produced on the heart of man by such loveliness and such abilities; and when I lamented, in reply, the badness of her disposition, he observed that whatever might have been her errors they were to be imputed to her neglected education and early marriage, and that she was altogether a wonderful woman. This tendency to excuse her conduct or to forget it, in the warmth of admiration, vexes me; and if I did not know that Reginald is too much at home at Churchhill to need an invitation for lengthening his visit, I should regret Mr. Vernon's giving him any. Lady Susan's intentions are of course those of absolute coquetry, or a desire of universal admiration; I cannot for a moment imagine that she has anything more serious in view; but it mortifies me to see a young man of Reginald's sense duped by her at all.

I am, &c.,

CATHERINE VERNON.

IX

MRS. JOHNSON TO LADY S. VERNON

Edward Street.

My dearest Friend, — I congratulate you on Mr. De Courcy's arrival, and I advise you by all means to marry him; his father's estate is, we know, considerable, and I believe certainly entailed. Sir Reginald is very infirm, and not likely to stand in your way long. I hear the young man well spoken of; and though no one can really deserve you, my dearest Susan, Mr. De Courcy may be worth having. Mainwaring will storm of course, but you easily pacify him; besides, the most scrupulous point of honour could not require you to wait for HIS emancipation. I have seen Sir James; he came to town for a few days last week, and called several times in Edward Street. I talked to him about you and your daughter, and he is so far from having forgotten you, that I am sure he would marry either of you with pleasure. I gave him hopes of Frederica's relenting, and told him a great deal of her improvements. I scolded him for making love to Maria Mainwaring; he protested that he had been only in joke, and we both laughed heartily at her disappointment; and, in short, were very agreeable. He is as silly as ever.

Yours faithfully,

ALICIA.

X

LADY SUSAN VERNON TO MRS. JOHNSON

Churchhill.

I am much obliged to you, my dear Friend, for your advice respecting Mr. De Courcy, which I know was given with the full conviction of its expediency, though I am not quite determined on following it. I cannot easily resolve on anything so serious as marriage; especially as I am not at present in want of money, and might perhaps, till the old gentleman's death, be very little benefited by the match. It is true that I am vain enough to believe it within my reach. I have made him sensible of my power, and can now enjoy the pleasure of triumphing over a mind prepared to dislike me, and prejudiced against all my past actions. His sister, too, is, I hope, convinced how little the ungenerous representations of anyone to the disadvantage of another will avail when opposed by the immediate influence of intellect and manner. I see plainly that she is uneasy at my progress in the good opinion of her brother, and conclude that nothing will be wanting on her part to counteract me;

but having once made him doubt the justice of her opinion of me, I think I may defy her. It has been delightful to me to watch his advances towards intimacy, especially to observe his altered manner in consequence of my repressing by the cool dignity of my deportment his insolent approach to direct familiarity. My conduct has been equally guarded from the first, and I never behaved less like a coquette in the whole course of my life, though perhaps my desire of dominion was never more decided. I have subdued him entirely by sentiment and serious conversation, and made him, I may venture to say, at least half in love with me, without the semblance of the most commonplace flirtation. Mrs. Vernon's consciousness of deserving every sort of revenge that it can be in my power to inflict for her ill—offices could alone enable her to perceive that I am actuated by any design in behaviour so gentle and unpretending. Let her think and act as she chooses, however. I have never yet found that the advice of a sister could prevent a young man's being in love if he chose. We are advancing now to some kind of confidence, and in short are likely to be engaged in a sort of platonic friendship. On my side you may be sure of its never being more, for if I were not attached to another person as much as I can be to anyone, I should make a point of not bestowing my affection on a man who had dared to think so meanly of me. Reginald has a good figure and is not unworthy the praise you have heard given him, but is still greatly inferior to our friend at Langford. He is less polished, less insinuating than Mainwaring, and is comparatively deficient in the power of saying those delightful things which put one in good humour with oneself and all the world. He is quite agreeable enough, however, to afford me amusement, and to make many of those hours pass very pleasantly which would otherwise be spent in endeavouring to overcome my sister—in—law's reserve, and listening to the insipid talk of her husband. Your account of Sir James is most satisfactory, and I mean to give Miss Frederica a hint of my intentions very soon.

Yours, &c.,

S. VERNON.

XI

MRS. VERNON TO LADY DE COURCY

Churchhill

I really grow quite uneasy, my dearest mother, about Reginald, from witnessing the very rapid increase of Lady Susan's influence. They are now on terms of the most particular friendship, frequently engaged in long conversations together; and she has contrived by the most artful coquetry to subdue his judgment to her own purposes. It is impossible to see the intimacy between them so very soon established without some alarm, though I can hardly suppose that Lady Susan's plans extend to marriage. I wish you could get Reginald home again on any plausible pretence; he is not at all disposed to leave us, and I have given him as many hints of my father's precarious state of health as common decency will allow me to do in my own house. Her power over him must now be boundless, as she has entirely effaced all his former ill-opinion, and persuaded him not merely to forget but to justify her conduct. Mr. Smith's account of her proceedings at Langford, where he accused her of having made Mr. Mainwaring and a young man engaged to Miss Mainwaring distractedly in love with her, which Reginald firmly believed when he came here, is now, he is persuaded, only a scandalous invention. He has told me so with a warmth of manner which spoke his regret at having believed the contrary himself. How sincerely do I grieve that she ever entered this house! I always looked forward to her coming with uneasiness; but very far was it from originating in anxiety for Reginald. I expected a most disagreeable companion for myself, but could not imagine that my brother would be in the smallest danger of being captivated by a woman with whose principles he was so well acquainted, and whose character he so heartily despised. If you can get him away it will be a good thing.

Yours, &c.,

CATHERINE VERNON.

XII

SIR REGINALD DE COURCY TO HIS SON

Parklands.

I know that young men in general do not admit of any
enquiry even from their nearest relations into affairs of
the heart, but I hope, my dear Reginald, that you will be
superior to such as allow nothing for a father's anxiety,
and think themselves privileged to refuse him their
confidence and slight his advice. You must be sensible that
as an only son, and the representative of an ancient family,
your conduct in life is most interesting to your connections;
and in the very important concern of marriage especially,
there is everything at stake—your own happiness, that of
your parents, and the credit of your name. I do not suppose
that you would deliberately form an absolute engagement of
that nature without acquainting your mother and myself,
or at least, without being convinced that we should approve
of your choice; but I cannot help fearing that you may be
drawn in, by the lady who has lately attached you, to a
marriage which the whole of your family, far and near,

must highly reprobate. Lady Susan's age is itself a material objection, but her want of character is one so much more serious, that the difference of even twelve years becomes in comparison of small amount. Were you not blinded by a sort of fascination, it would be ridiculous in me to repeat the instances of great misconduct on her side so very generally known.

Her neglect of her husband, her encouragement of other men, her extravagance and dissipation, were so gross and notorious that no one could be ignorant of them at the time, nor can now have forgotten them. To our family she has always been represented in softened colours by the benevolence of Mr. Charles Vernon, and yet, in spite of his generous endeavours to excuse her, we know that she did, from the most selfish motives, take all possible pains to prevent his marriage with Catherine.

My years and increasing infirmities make me very desirous of seeing you settled in the world. To the fortune of a wife, the goodness of my own will make me indifferent, but her family and character must be equally unexceptionable. When your choice is fixed so that no objection can be made to it, then I can promise you a ready and cheerful consent; but it is my duty to oppose a match which deep art only could render possible, and must in the end make wretched. It is possible her behaviour may arise only from vanity, or the wish of gaining the admiration of a man whom she must imagine to be particularly prejudiced against her; but it is more likely that she should aim at something further. She is poor, and may naturally seek an alliance which must be advantageous to herself; you know your own rights, and that it is out of my power to prevent your inheriting the family estate. My ability of distressing you during my life would be a species of revenge to which I could hardly stoop under any circumstances.

I honestly tell you my sentiments and intentions: I do not wish to work on your fears, but on your sense and affection. It would destroy every comfort of my life to know that you were married to Lady Susan Vernon; it would be the death of that honest pride with which I have hitherto considered my son; I should blush to see him, to hear of him, to think of him. I may perhaps do no good but that of relieving my own mind by this letter, but I felt it my duty to tell you that your partiality for Lady Susan is no secret to your friends, and to warn you against her. I should be glad to hear your reasons for disbelieving Mr. Smith's intelligence; you had no doubt of its authenticity a month ago. If you can give me your assurance of having no design beyond enjoying the conversation of a clever woman for a short period, and of yielding admiration only to her beauty and abilities, without being blinded by them to her faults, you will restore me to happiness; but, if you cannot do this, explain to me, at least, what has occasioned so great an alteration in your opinion of her.

I am, &c., &c,

REGINALD DE COURCY

XIII

LADY DE COURCY TO MRS. VERNON

Parklands.

My dear Catherine, — Unluckily I was confined to my room when your last letter came, by a cold which affected my eyes so much as to prevent my reading it myself, so I could not refuse your father when he offered to read it to me, by which means he became acquainted, to my great vexation, with all your fears about your brother. I had intended to write to Reginald myself as soon as my eyes would let me, to point out, as well as I could, the danger of an intimate acquaintance, with so artful a woman as Lady Susan, to a young man of his age, and high expectations. I meant, moreover, to have reminded him of our being quite alone now, and very much in need of him to keep up our spirits these long winter evenings. Whether it would have done any good can never be settled now, but I am excessively vexed that Sir Reginald should know anything of a matter which we foresaw would make him so uneasy. He caught all your fears the moment he had read your letter, and I am sure he has not had the business out of his head since. He wrote by the same post to Reginald a long letter full of it all, and particularly asking an explanation of what he may have heard from Lady Susan to contradict the late shocking reports. His answer came this morning, which I shall enclose to you, as I think you will like to see it. I wish it was more satisfactory; but it seems written with such a determination to think well of Lady Susan, that his assurances as to marriage, &c., do not set my heart at ease. I say all I can, however, to satisfy your father, and he is certainly less uneasy since Reginald's letter. How provoking it is, my dear Catherine, that this unwelcome guest of yours should not only prevent our meeting this Christmas, but be the occasion of so much vexation and trouble! Kiss the dear children for me.

Your affectionate mother,

C. DE COURCY.

XIV

MR. DE COURCY TO SIR REGINALD

Churchhill.

My dear Sir, — I have this moment received your letter, which has given me more astonishment than I ever felt before. I am to thank my sister, I suppose, for having represented me in such a light as to injure me in your opinion, and give you all this alarm. I know not why she should choose to make herself and her family uneasy by apprehending an event which no one but herself, I can affirm, would ever have thought possible. To impute such a design to Lady Susan would be taking from her every claim to that excellent understanding which her bitterest enemies have never denied her; and equally low must sink my pretensions to common sense if I am suspected of matrimonial views in my behaviour to her. Our difference of age must be an insuperable objection, and I entreat you, my dear father, to quiet your mind, and no longer harbour a suspicion which cannot be more injurious to your own peace than to our understandings. I can have no other view in remaining with Lady Susan, than to enjoy for a short time (as you have yourself expressed it) the conversation of a woman of high intellectual powers. If Mrs. Vernon would allow something to my affection for herself and her husband in the length of my visit, she would do more justice to us all; but my sister is unhappily prejudiced beyond the hope of conviction against Lady Susan. From an attachment to her husband, which in itself does honour to both, she cannot forgive the endeavours at preventing their union, which have been attributed to selfishness in Lady Susan; but in this case, as well as in many others, the world has most grossly injured that lady, by supposing the worst where the motives of her conduct have been doubtful. Lady Susan had heard something so materially to the disadvantage of my sister as to persuade her that the happiness of Mr. Vernon, to whom she was always much attached, would be wholly destroyed by the marriage. And this circumstance, while it explains the true motives of Lady Susan's conduct, and removes all the blame which has been so lavished on her, may also convince us how little the general report of anyone ought to be credited; since no character, however upright, can escape the malevolence of slander. If my sister, in the security of retirement, with as little opportunity as inclination to do evil, could not avoid censure, we must not rashly condemn those who, living in the world and surrounded with temptations, should be accused of errors which they are known to have the power of committing.

I blame myself severely for having so easily believed the slanderous tales invented by Charles Smith to the prejudice of Lady Susan, as I am now convinced how greatly they have traduced her. As to Mrs. Mainwaring's jealousy it was totally his own invention, and his account of her attaching Miss Mainwaring's lover was scarcely better founded. Sir James Martin had been drawn in by that young lady to pay her some attention; and as he is a man of fortune, it was easy to see HER views extended to marriage. It is well known that Miss M. is absolutely on the catch for a husband, and no one therefore can pity her for losing, by the superior attractions of another woman, the chance of being able to make a worthy man completely wretched. Lady Susan was far from intending such a conquest, and on finding how warmly Miss Mainwaring resented her lover's defection, determined, in spite of Mr. and Mrs. Mainwaring's most urgent entreaties, to leave the family. I have reason to imagine she did receive serious proposals from Sir James, but her removing to Langford immediately on the discovery of his attachment, must acquit her on that article with any mind of common candour. You will, I am sure, my dear Sir, feel the truth of this, and will hereby learn to do justice to the character of a very injured woman. I know that Lady Susan in coming to Churchhill was governed only by the most honourable and amiable intentions; her prudence and economy are exemplary, her regard for Mr. Vernon equal even to HIS deserts; and her wish of obtaining my sister's good opinion merits a better return than it has received. As a mother she is unexceptionable; her solid affection for her child is shown by placing her in hands where her education will be properly attended to; but because she has not the blind and weak partiality of most mothers, she is accused of wanting maternal tenderness. Every person of sense, however, will know how to value and commend her well-directed affection, and will join me in wishing that Frederica Vernon may prove more worthy than she has yet done of her mother's tender care. I have now, my dear father, written my real sentiments of Lady Susan; you will know from this letter how highly I admire her abilities, and esteem her character; but if you are not equally convinced by my full and solemn assurance that your fears have been most idly created, you will deeply mortify and distress me.

I am, &c., &c.,

R. DE COURCY.

XV

MRS. VERNON TO LADY DE COURCY

Churchhill

My dear Mother, — I return you Reginald's letter, and rejoice with all my heart that my father is made easy by it: tell him so, with my congratulations; but, between ourselves, I must own it has only convinced ME of my brother's having no PRESENT intention of marrying Lady Susan, not that he is in no danger of doing so three months hence. He gives a very plausible account of her behaviour at Langford; I wish it may be true, but his intelligence must come from herself, and I am less disposed to believe it than to lament the degree of intimacy subsisting between them, implied by the discussion of such a subject. I am sorry to have incurred his displeasure, but can expect nothing better while he is so very eager in Lady Susan's justification. He is very severe against me indeed, and yet I hope I have not been hasty in my judgment of her. Poor woman! though I have reasons enough for my dislike, I cannot help pitying her at present, as she is in real distress, and with too much cause. She had this morning a letter from the lady with whom she has placed her daughter, to request that Miss Vernon might be immediately removed, as she had been detected in an attempt to run away. Why, or whither she intended to go, does not appear; but, as her situation seems to have been unexceptionable, it is a sad thing, and of course highly distressing to Lady Susan. Frederica must be as much as sixteen, and ought to know better; but from what her mother insinuates, I am afraid she is a perverse girl. She has been sadly neglected, however, and her mother ought to remember it. Mr. Vernon set off for London as soon as she had determined what should be done. He is, if possible, to prevail on Miss Summers to let Frederica continue with her; and if he cannot succeed, to bring her to Churchhill for the present, till some other situation can be found for her. Her ladyship is comforting herself meanwhile by strolling along the shrubbery with Reginald, calling forth all his tender feelings, I suppose, on this distressing occasion. She has been talking a great deal about it to me. She talks vastly well; I am afraid of being ungenerous, or I should say, TOO well to feel so very deeply; but I will not look for her faults; she may be Reginald's wife! Heaven forbid it! but why should I be quicker-sighted than anyone else? Mr. Vernon declares that he never saw deeper distress than hers, on the receipt of the letter; and is his judgment inferior to mine? She was very unwilling that Frederica should be allowed to come to Churchhill, and justly enough, as it seems a sort of reward to behaviour deserving very differently; but it was impossible to take her anywhere else, and she is not to remain here long. "It will be absolutely necessary," said she, "as you, my dear sister, must be sensible, to treat my daughter with some severity while she is here; a most painful necessity, but I will ENDEAVOUR to submit to it. I am afraid I have often been too indulgent, but my poor Frederica's temper could never bear opposition well: you must support and encourage me; you must urge the necessity of reproof if you see me too lenient." All this sounds very reasonable. Reginald is so incensed against the poor silly girl. Surely it is not to Lady Susan's credit that he should be so bitter against her daughter; his idea of her must be drawn from the mother's description. Well, whatever may be his fate, we have the comfort of knowing that we have done our utmost to save him. We must commit the event to a higher power.

Yours ever, &c.,

CATHERINE VERNON.

XVI

LADY SUSAN TO MRS. JOHNSON

Churchhill.

Never, my dearest Alicia, was I so provoked in my life as
by a letter this morning from Miss Summers. That horrid
girl of mine has been trying to run away. I had not a
notion of her being such a little devil before, she seemed to
have all the Vernon milkiness; but on receiving the letter in
which I declared my intention about Sir James, she actually
attempted to elope; at least, I cannot otherwise account for
her doing it. She meant, I suppose, to go to the Clarkes
in Staffordshire, for she has no other acquaintances. But
she shall be punished, she shall have him. I have sent
Charles to town to make matters up if he can, for I do not
by any means want her here. If Miss Summers will not
keep her, you must find me out another school, unless we
can get her married immediately. Miss S. writes word that
she could not get the young lady to assign any cause for
her extraordinary conduct, which confirms me in my own
previous explanation of it. Frederica is too shy, I think, and

too much in awe of me to tell tales, but if the mildness of her uncle should get anything out of her, I am not afraid. I trust I shall be able to make my story as good as hers. If I am vain of anything, it is of my eloquence. Consideration and esteem as surely follow command of language as admiration waits on beauty, and here I have opportunity enough for the exercise of my talent, as the chief of my time is spent in conversation.

Reginald is never easy unless we are by ourselves, and when the weather is tolerable, we pace the shrubbery for hours together. I like him on the whole very well; he is clever and has a good deal to say, but he is sometimes impertinent and troublesome. There is a sort of ridiculous delicacy about him which requires the fullest explanation of whatever he may have heard to my disadvantage, and is never satisfied till he thinks he has ascertained the beginning and end of everything. This is one sort of love, but I confess it does not particularly recommend itself to me. I infinitely prefer the tender and liberal spirit of Mainwaring, which, impressed with the deepest conviction of my merit, is satisfied that whatever I do must be right; and look with a degree of contempt on the inquisitive and doubtful fancies of that heart which seems always debating on the reasonableness of its emotions. Mainwaring is indeed, beyond all compare, superior to Reginald—superior in everything but the power of being with me! Poor fellow! he is much distracted by jealousy, which I am not sorry for, as I know no better support of love. He has been teazing me to allow of his coming into this country, and lodging somewhere near INCOG.; but I forbade everything of the kind. Those women are inexcusable who forget what is due to themselves, and the opinion of the world.

Yours ever,

S. VERNON.

XVII

MRS. VERNON TO LADY DE COURCY

Churchhill.

My dear Mother, — Mr. Vernon returned on Thursday night, bringing his niece with him. Lady Susan had received a line from him by that day's post, informing her that Miss Summers had absolutely refused to allow of Miss Vernon's continuance in her academy; we were therefore prepared for her arrival, and expected them impatiently the whole evening. They came while we were at tea, and I never saw any creature look so frightened as Frederica when she entered the room. Lady Susan, who had been shedding tears before, and showing great agitation at the idea of the meeting, received her with perfect self-command, and without betraying the least tenderness of spirit. She hardly spoke to her, and on Frederica's bursting into tears as soon as we were seated, took her out of the room, and did not return for some time. When she did, her eyes looked very red and she was as much agitated as before. We saw no more of her daughter. Poor Reginald was beyond measure concerned to see his fair friend in such distress, and watched her with so much tender solicitude, that I, who occasionally caught her observing his countenance with exultation, was quite out of patience. This pathetic representation lasted the whole evening, and so ostentatious and artful a display has entirely convinced me that she did in fact feel nothing. I am more angry with her than ever since I have seen her daughter; the poor girl looks so unhappy that my heart aches for her. Lady Susan is surely too severe, for Frederica does not seem to have the sort of temper to make severity necessary. She looks perfectly timid, dejected, and penitent. She is very pretty, though not so handsome as her mother, nor at all like her. Her complexion is delicate, but neither so fair nor so blooming as Lady Susan's, and she has quite the Vernon cast of countenance, the oval face and mild dark eyes, and there is peculiar sweetness in her look when she speaks either to her uncle or me, for as we behave kindly to her we have of course engaged her gratitude.

Her mother has insinuated that her temper is intractable, but I never saw a face less indicative of any evil disposition than hers; and from what I can see of the behaviour of each to the other, the invariable severity of Lady Susan and the silent dejection of Frederica, I am led to believe as heretofore that the former has no real love for her daughter, and has never done her justice or treated her affectionately. I have not been able to have any conversation with my niece; she is shy, and I think I can see that some pains are taken to prevent her being much with me. Nothing satisfactory transpires as to her reason for running away. Her kind-hearted uncle, you may be sure, was too fearful of distressing her to ask many questions as they travelled. I wish it had been possible for me to fetch her instead of him. I think I should have discovered the truth in the course of a thirty-mile journey. The small pianoforte has been removed within these few days, at Lady Susan's request, into her dressing-room, and Frederica spends great part of the day there, practising as it is called; but I seldom hear any noise when I pass that way; what she does with herself there I do not know. There are plenty of books, but it is not every girl who has been running wild the first fifteen years of her life, that can or will read. Poor creature! the prospect from her window is not very instructive, for that room overlooks the lawn, you know, with the shrubbery on one side, where she may see her mother walking for an hour together in earnest conversation with Reginald. A girl of Frederica's age must be childish indeed, if such things do not strike her. Is it not inexcusable to give such an example to a daughter? Yet Reginald still thinks Lady Susan the best of mothers, and still condemns Frederica as a worthless girl! He is convinced that her attempt to run away proceeded from no, justifiable cause, and had no provocation. I am sure I cannot say that it HAD, but while Miss Summers declares that Miss Vernon showed no signs of obstinacy or perverseness during her whole stay in Wigmore Street, till she was detected in this scheme, I cannot so readily credit what Lady Susan has made him, and wants to make me believe, that it was merely an impatience of restraint and a desire of escaping from the tuition of masters which brought on the plan of an elopement. O Reginald, how is your judgment enslaved! He scarcely dares even allow her to be handsome, and when I speak of her beauty, replies only that her eyes have no brilliancy! Sometimes he is sure she is deficient in understanding, and at others that her temper only is in fault. In short, when a person is always to deceive, it is impossible to be consistent. Lady Susan finds it necessary that Frederica should be to blame, and probably has sometimes judged it expedient to excuse her of ill—nature and sometimes to lament her want of sense. Reginald is only repeating after her ladyship.

I remain, &c., &c.,

CATHERINE VERNON.

XVIII

FROM THE SAME TO THE SAME

Churchhill.

My dear Mother, — I am very glad to find that my description of Frederica Vernon has interested you, for I do believe her truly deserving of your regard; and when I have communicated a notion which has recently struck me, your kind impressions in her favour will, I am sure, be heightened. I cannot help fancying that she is growing partial to my brother. I so very often see her eyes fixed on his face with a remarkable expression of pensive admiration. He is certainly very handsome; and yet more, there is an openness in his manner that must be highly prepossessing, and I am sure she feels it so. Thoughtful and pensive in general, her countenance always brightens into a smile when Reginald says anything amusing; and, let the subject be ever so serious that he may be conversing on, I am much mistaken if a syllable of his uttering escapes her. I want to make him sensible of all this, for we know the power of gratitude on such a heart as his; and could

Frederica's artless affection detach him from her mother, we might bless the day which brought her to Churchhill. I think, my dear mother, you would not disapprove of her as a daughter. She is extremely young, to be sure, has had a wretched education, and a dreadful example of levity in her mother; but yet I can pronounce her disposition to be excellent, and her natural abilities very good. Though totally without accomplishments, she is by no means so ignorant as one might expect to find her, being fond of books and spending the chief of her time in reading. Her mother leaves her more to herself than she did, and I have her with me as much as possible, and have taken great pains to overcome her timidity. We are very good friends, and though she never opens her lips before her mother, she talks enough when alone with me to make it clear that, if properly treated by Lady Susan, she would always appear to much greater advantage. There cannot be a more gentle, affectionate heart; or more obliging manners, when acting without restraint; and her little cousins are all very fond of her.

Your affectionate daughter,

C. VERNON

XIX

LADY SUSAN TO MRS. JOHNSON

Churchhill.

You will be eager, I know, to hear something further of Frederica, and perhaps may think me negligent for not writing before. She arrived with her uncle last Thursday fortnight, when, of course, I lost no time in demanding the cause of her behaviour; and soon found myself to have been perfectly right in attributing it to my own letter. The prospect of it frightened her so thoroughly, that, with a mixture of true girlish perverseness and folly, she resolved on getting out of the house and proceeding directly by the stage to her friends, the Clarkes; and had really got as far as the length of two streets in her journey when she was fortunately missed, pursued, and overtaken. Such was the first distinguished exploit of Miss Frederica Vernon; and, if we consider that it was achieved at the tender age of sixteen, we shall have room for the most flattering prognostics of her future renown. I am excessively provoked, however, at the parade of propriety which prevented Miss Summers from keeping the girl; and it seems so extraordinary a piece of nicety, considering my daughter's family connections, that I can only suppose the lady to be governed by the fear of never getting her money. Be that as it may, however, Frederica is returned on my hands; and, having nothing else to employ her, is busy in pursuing the plan of romance begun at Langford. She is actually falling in love with Reginald De Courcy! To disobey her mother by refusing an unexceptionable offer is not enough; her affections must also be given without her mother's approbation. I never saw a girl of her age bid fairer to be the sport of mankind. Her feelings are tolerably acute, and she is so charmingly artless in their display as to afford the most reasonable hope of her being ridiculous, and despised by every man who sees her.

Artlessness will never do in love matters; and that girl is born a simpleton who has it either by nature or affectation. I am not yet certain that Reginald sees what she is about, nor is it of much consequence. She is now an object of indifference to him, and she would be one of contempt were he to understand her emotions. Her beauty is much admired by the Vernons, but it has no effect on him. She is in high favour with her aunt altogether, because she is so little like myself, of course. She is exactly the companion for Mrs. Vernon, who dearly loves to be firm, and to have all the sense and all the wit of the conversation to herself: Frederica will never eclipse her. When she first came I was at some pains to prevent her seeing much of her aunt; but I have relaxed, as I believe I may depend on her observing the rules I have laid down for their discourse. But do not imagine that with all this lenity I have for a moment given up my plan of her marriage. No; I am unalterably fixed on this point, though I have not yet quite decided on the manner of bringing it about. I should not chuse to have the business brought on here, and canvassed by the wise heads of Mr. and Mrs. Vernon; and I cannot just now afford to go to town. Miss Frederica must therefore wait a little.

Yours ever,

S. VERNON.

XX

MRS. VERNON TO LADY DE COURCY

Churchhill

We have a very unexpected guest with us at present, my
dear Mother: he arrived yesterday. I heard a carriage at the
door, as I was sitting with my children while they dined;
and supposing I should be wanted, left the nursery soon
afterwards, and was half—way downstairs, when Frederica,
as pale as ashes, came running up, and rushed by me into
her own room. I instantly followed, and asked her what was
the matter. "Oh!" said she, "he is come—Sir James is come,
and what shall I do?" This was no explanation; I begged
her to tell me what she meant. At that moment we were
interrupted by a knock at the door: it was Reginald, who
came, by Lady Susan's direction, to call Frederica down. "It
is Mr. De Courcy!" said she, colouring violently. "Mamma
has sent for me; I must go." We all three went down
together; and I saw my brother examining the terrified face
of Frederica with surprise. In the breakfast—room we found
Lady Susan, and a young man of gentlemanlike appearance,

whom she introduced by the name of Sir James Martin—
the very person, as you may remember, whom it was said
she had been at pains to detach from Miss Mainwaring; but
the conquest, it seems, was not designed for herself, or
she has since transferred it to her daughter; for Sir James
is now desperately in love with Frederica, and with full
encouragement from mamma. The poor girl, however, I am
sure, dislikes him; and though his person and address are
very well, he appears, both to Mr. Vernon and me, a very
weak young man. Frederica looked so shy, so confused,
when we entered the room, that I felt for her exceedingly.
Lady Susan behaved with great attention to her visitor; and
yet I thought I could perceive that she had no particular
pleasure in seeing him. Sir James talked a great deal, and
made many civil excuses to me for the liberty he had taken
in coming to Churchhill—mixing more frequent laughter
with his discourse than the subject required—said many
things over and over again, and told Lady Susan three
times that he had seen Mrs. Johnson a few evenings before.
He now and then addressed Frederica, but more frequently
her mother. The poor girl sat all this time without opening
her lips—her eyes cast down, and her colour varying every

instant; while Reginald observed all that passed in perfect silence. At length Lady Susan, weary, I believe, of her situation, proposed walking; and we left the two gentlemen together, to put on our pelisses. As we went upstairs Lady Susan begged permission to attend me for a few moments in my dressing—room, as she was anxious to speak with me in private. I led her thither accordingly, and as soon as the door was closed, she said: "I was never more surprized in my life than by Sir James's arrival, and the suddenness of it requires some apology to you, my dear sister; though to ME, as a mother, it is highly flattering. He is so extremely attached to my daughter that he could not exist longer without seeing her. Sir James is a young man of an amiable disposition and excellent character; a little too much of the rattle, perhaps, but a year or two will rectify THAT: and he is in other respects so very eligible a match for Frederica, that I have always observed his attachment with the greatest pleasure; and am persuaded that you and my brother will give the alliance your hearty approbation. I have never before mentioned the likelihood of its taking place to anyone, because I thought that whilst Frederica continued at school it had better not be known to exist;

but now, as I am convinced that Frederica is too old ever to submit to school confinement, and have, therefore, begun to consider her union with Sir James as not very distant, I had intended within a few days to acquaint yourself and Mr. Vernon with the whole business. I am sure, my dear sister, you will excuse my remaining silent so long, and agree with me that such circumstances, while they continue from any cause in suspense, cannot be too cautiously concealed. When you have the happiness of bestowing your sweet little Catherine, some years hence, on a man who in connection and character is alike unexceptionable, you will know what I feel now; though, thank Heaven, you cannot have all my reasons for rejoicing in such an event. Catherine will be amply provided for, and not, like my Frederica, indebted to a fortunate establishment for the comforts of life." She concluded by demanding my congratulations. I gave them somewhat awkwardly, I believe; for, in fact, the sudden disclosure of so important a matter took from me the power of speaking with any clearness. She thanked me, however, most affectionately, for my kind concern in the welfare of herself and daughter; and then said: "I am not apt to deal in professions, my dear Mrs. Vernon, and I never had the convenient talent of affecting sensations foreign to my heart; and therefore I trust you will believe me when I declare, that much as I had heard in your praise before I knew you, I had no idea that I should ever love you as I now do; and I must further say that your friendship towards me is more particularly gratifying because I have reason to believe that some attempts were made to prejudice you against me. I only wish that they, whoever they are, to whom I am indebted for such kind intentions, could see the terms on which we now are together, and understand the real affection we feel for each other; but I will not detain you any longer. God bless you, for your goodness to me and my girl, and continue to you all your present happiness." What can one say of such a woman, my dear mother? Such earnestness such solemnity of expression! and yet I cannot help suspecting the truth of everything she says. As for Reginald, I believe he does not know what to make of the matter. When Sir James came, he appeared all astonishment and perplexity; the folly of the young man and the confusion of Frederica entirely engrossed him; and though a little private discourse with Lady Susan has since had its effect, he is still hurt, I am sure, at her allowing of such a man's attentions to her daughter. Sir

James invited himself with great composure to remain here a few days—hoped we would not think it odd, was aware of its being very impertinent, but he took the liberty of a relation; and concluded by wishing, with a laugh, that he might be really one very soon. Even Lady Susan seemed a little disconcerted by this forwardness; in her heart I am persuaded she sincerely wished him gone. But something must be done for this poor girl, if her feelings are such as both I and her uncle believe them to be. She must not be sacrificed to policy or ambition, and she must not be left to suffer from the dread of it. The girl whose heart can distinguish Reginald De Courcy, deserves, however he may slight her, a better fate than to be Sir James Martin's wife. As soon as I can get her alone, I will discover the real truth; but she seems to wish to avoid me. I hope this does not proceed from anything wrong, and that I shall not find out I have thought too well of her. Her behaviour to Sir James certainly speaks the greatest consciousness and embarrassment, but I see nothing in it more like encouragement. Adieu, my dear mother.

Yours, &c.,

C. VERNON.

XXI

MISS VERNON TO MR DE COURCY

Sir, —I hope you will excuse this liberty; I am forced upon it by the greatest distress, or I should be ashamed to trouble you. I am very miserable about Sir James Martin, and have no other way in the world of helping myself but by writing to you, for I am forbidden even speaking to my uncle and aunt on the subject; and this being the case, I am afraid my applying to you will appear no better than equivocation, and as if I attended to the letter and not the spirit of mamma's commands. But if you do not take my part and persuade her to break it off, I shall be half distracted, for I cannot bear him. No human being but YOU could have any chance of prevailing with her. If you will, therefore, have the unspeakably great kindness of taking my part with her, and persuading her to send Sir James away, I shall be more obliged to you than it is possible for me to express. I always disliked him from the first: it is not a sudden fancy, I assure you, sir; I always thought him silly and impertinent and disagreeable, and now he is grown worse than ever. I would rather work for my bread than marry him. I do not know how to apologize enough for this letter; I know it is taking so great a liberty. I am aware how dreadfully angry it will make mamma, but I remember the risk.

I am, Sir, your most humble servant,

F. S. V.

XXII

LADY SUSAN TO MRS. JOHNSON

Churchhill.

This is insufferable! My dearest friend, I was never so enraged before, and must relieve myself by writing to you, who I know will enter into all my feelings. Who should come on Tuesday but Sir James Martin! Guess my astonishment, and vexation—for, as you well know, I never wished him to be seen at Churchhill. What a pity that you should not have known his intentions! Not content with coming, he actually invited himself to remain here a few days. I could have poisoned him! I made the best of it, however, and told my story with great success to Mrs. Vernon, who, whatever might be her real sentiments, said nothing in opposition to mine. I made a point also of Frederica's behaving civilly to Sir James, and gave her to understand that I was absolutely determined on her marrying him. She said something of her misery, but that was all. I have for some time been more particularly resolved on the match from seeing the rapid increase of her affection for Reginald, and from not feeling secure that a knowledge of such affection might not in the end awaken a return. Contemptible as a regard founded only on compassion must make them both in my eyes, I felt by no means assured that such might not be the consequence. It is true that Reginald had not in any degree grown cool towards me; but yet he has lately mentioned Frederica spontaneously and unnecessarily, and once said something in praise of her person. HE was all astonishment at the appearance of my visitor, and at first observed Sir James with an attention which I was pleased to see not unmixed with jealousy; but unluckily it was impossible for me really to torment him, as Sir James, though extremely gallant to me, very soon made the whole party understand that his heart was devoted to my daughter. I had no great difficulty in convincing De Courcy, when we were alone, that I was perfectly justified, all things considered, in desiring the match; and the whole business seemed most comfortably arranged. They could none of them help perceiving that Sir James was no Solomon; but I had positively forbidden Frederica complaining to Charles Vernon or his wife, and they had therefore no pretence for interference; though my impertinent sister, I believe, wanted only opportunity for doing so. Everything, however, was going on calmly and quietly; and, though I counted the hours of Sir James's stay, my mind was entirely satisfied with the posture of affairs. Guess, then, what I must feel at the sudden disturbance of all my schemes; and that, too, from a quarter where I had least reason to expect it. Reginald came this morning into my dressing-room with a very unusual solemnity of countenance, and after some preface informed me in so many words that he wished to reason with me on the impropriety and unkindness of allowing Sir James Martin to address my daughter contrary to her inclinations. I was all amazement. When I found that he was not to be laughed out of his design, I calmly begged an explanation, and desired to know by what he was impelled, and by whom commissioned, to reprimand me. He then told me, mixing in his speech a few insolent compliments and ill-timed expressions of tenderness, to which I listened with perfect indifference, that my daughter had acquainted him with some circumstances concerning herself, Sir James, and me which had given him great uneasiness. In short, I found that she had in the first place actually written to him to request his interference, and that, on receiving her letter, he had conversed with her on the subject of it, in order to understand the particulars, and to assure himself of her real wishes. I have not a doubt but that the girl took this opportunity of making downright love to him. I am convinced of it by the manner in which he spoke of her. Much good may such love do him! I shall ever despise the man who can be gratified by the passion which he never wished to inspire, nor solicited the avowal of. I shall always detest them both. He can have no true regard for me, or he would not have listened to her; and SHE, with her little rebellious heart and indelicate feelings, to throw herself into the protection of a young man with whom she has scarcely ever exchanged two words before! I am equally confounded at HER impudence and HIS credulity. How dared he believe what she told him in my disfavour! Ought he not to have felt assured that I must have unanswerable motives for all that I had done? Where was his reliance on my sense and goodness then? Where the resentment which true love would have dictated against the person defaming me—that person, too, a chit, a child, without talent or education, whom he had been always taught to despise? I was calm for some time; but the greatest degree of forbearance may be overcome, and I hope I was afterwards sufficiently keen. He endeavoured, long endeavoured, to soften my resentment; but that woman is a fool indeed who, while insulted by accusation, can be worked on by compliments. At length he left me, as deeply provoked as myself; and he showed his anger more. I was quite cool, but he gave way to the most violent indignation; I may therefore expect it will the sooner subside, and perhaps his may be vanished for ever, while mine will be found still fresh and implacable. He is now shut up in his apartment, whither I heard him go on leaving mine. How unpleasant, one would think, must be his reflections! but some people's feelings are incomprehensible. I have not yet tranquillised myself enough to see Frederica. SHE shall not soon forget the occurrences of this day; she shall find that she has poured forth her tender tale of love in vain, and exposed herself for ever to the contempt of the whole world, and the severest resentment of her injured mother.

> Your affectionate
> S. VERNON.

XXIII

MRS. VRNON TO LADY DE COURCY

Churchhill.

Let me congratulate you, my dearest Mother! The affair
which has given us so much anxiety is drawing to a happy
conclusion. Our prospect is most delightful, and since
matters have now taken so favourable a turn, I am quite
sorry that I ever imparted my apprehensions to you; for
the pleasure of learning that the danger is over is perhaps
dearly purchased by all that you have previously suffered.
I am so much agitated by delight that I can scarcely hold
a pen; but am determined to send you a few short lines
by James, that you may have some explanation of what
must so greatly astonish you, as that Reginald should be
returning to Parklands. I was sitting about half an hour ago
with Sir James in the breakfast parlour, when my brother
called me out of the room. I instantly saw that something
was the matter; his complexion was raised, and he spoke
with great emotion; you know his eager manner, my dear

mother, when his mind is interested. "Catherine," said he, "I am going home to-day; I am sorry to leave you, but I must go: it is a great while since I have seen my father and mother. I am going to send James forward with my hunters immediately; if you have any letter, therefore, he can take it. I shall not be at home myself till Wednesday or Thursday, as I shall go through London, where I have business; but before I leave you," he continued, speaking in a lower tone, and with still greater energy, "I must warn you of one thing—do not let Frederica Vernon be made unhappy by that Martin. He wants to marry her; her mother promotes the match, but she cannot endure the idea of it. Be assured that I speak from the fullest conviction of the truth of what I say; I know that Frederica is made wretched by Sir James's continuing here. She is a sweet girl, and deserves a better fate. Send him away immediately; he is only a fool: but what her mother can mean, Heaven only knows! Good bye," he added, shaking my hand with earnestness; "I do not know when you will see me again; but remember what I tell you of Frederica; you MUST make it your business to see justice done her. She is an amiable girl, and has a very superior mind to what we have given her credit for." He then left me, and ran upstairs. I would not try to stop him, for I know what his feelings must be. The nature of mine, as I listened to him, I need not attempt to describe; for a minute or two I remained in the same spot, overpowered by wonder of a most agreeable sort indeed; yet it required some consideration to be tranquilly happy. In about ten minutes after my return to the parlour Lady Susan entered the room. I concluded, of course, that she and Reginald had been quarrelling; and looked with anxious curiosity for a confirmation of my belief in her face. Mistress of deceit, however, she appeared perfectly unconcerned, and after chatting on indifferent subjects for a short time, said to me, "I find from Wilson that we are going to lose Mr. De Courcy—is it true that he leaves Churchhill this morning?" I replied that it was. "He told us nothing of all this last night," said she, laughing, "or even this morning at breakfast; but perhaps he did not know it himself. Young men are often hasty in their resolutions, and not more sudden in forming than unsteady in keeping them. I should not be surprised if he were to change his mind at last, and not go." She soon afterwards left the room. I trust, however, my dear mother, that we have no reason to fear an alteration of his present plan; things have gone too far. They must have quarrelled, and about Frederica, too. Her calmness astonishes me. What delight will be yours in seeing him again; in seeing him still worthy your esteem, still capable of forming your happiness! When I next write I shall be able to tell you that Sir James is gone, Lady Susan vanquished, and Frederica at peace. We have much to do, but it shall be done. I am all impatience to hear how this astonishing change was effected. I finish as I began, with the warmest congratulations.

Yours ever, &c.,

CATH. VERNON.

XXIV

FROM THE SAME TO THE SAME

Churchhill.

Little did I imagine, my dear Mother, when I sent off my last letter, that the delightful perturbation of spirits I was then in would undergo so speedy, so melancholy a reverse. I never can sufficiently regret that I wrote to you at all. Yet who could have foreseen what has happened? My dear mother, every hope which made me so happy only two hours ago has vanished. The quarrel between Lady Susan and Reginald is made up, and we are all as we were before. One point only is gained. Sir James Martin is dismissed. What are we now to look forward to? I am indeed disappointed; Reginald was all but gone, his horse was ordered and all but brought to the door; who would not have felt safe? For half an hour I was in momentary expectation of his departure. After I had sent off my letter to you, I went to Mr. Vernon, and sat with him in his room talking over the whole matter, and then determined to look for Frederica, whom I had not seen since breakfast. I met her on the stairs, and saw that she was crying. "My dear aunt," said she, "he is going — Mr. De Courcy is going, and it is all my fault. I am afraid you will be very angry with me, but indeed I had no idea it would end so." "My love," I replied, "do not think it necessary to apologize to me on that account. I shall feel myself under an obligation to anyone who is the means of sending my brother home, because," recollecting myself, "I know my father wants very much to see him. But what is it you have done to occasion all this?" She blushed deeply as she answered: "I was so unhappy about Sir James that I could not help — I have done something very wrong, I know; but you have not an idea of the misery I have been in: and mamma had ordered me never to speak to you or my uncle about it, and — " "You therefore spoke to my brother to engage his interference," said I, to save her the explanation. "No, but I wrote to him — I did indeed, I got up this morning before it was light, and was two hours about it; and when my letter was done I thought I never should have courage to give it. After breakfast however, as I was going to my room, I met him in the passage, and then, as I knew that everything must depend on that moment, I forced myself to give it. He was so good as to take it immediately. I dared not look at him, and ran away directly. I was in such a fright I could hardly breathe. My dear aunt, you do not know how miserable I have been." "Frederica" said I, "you ought to have told me all your distresses. You would have found in me a friend always ready to assist you. Do you think that your uncle or I should not have espoused your cause as warmly as my brother?" "Indeed, I did not doubt your kindness," said she, colouring again, "but I thought Mr. De Courcy could do anything with my mother; but I was mistaken: they have had a dreadful quarrel about it, and he is going away. Mamma will never forgive me, and I shall be worse off than ever." "No, you shall not," I replied; "in such a point as this your mother's prohibition ought not to have prevented your speaking to me on the subject. She has no right to make you unhappy, and she shall NOT do it. Your applying, however, to Reginald can be productive only of good to all parties. I believe it is best as it is. Depend upon it that you shall not be made unhappy any longer." At that moment how great was my astonishment at seeing Reginald come out of Lady Susan's dressing-room. My heart misgave me instantly. His confusion at seeing me was very evident. Frederica immediately disappeared. "Are you going?" I said;

"you will find Mr. Vernon in his own room." "No, Catherine," he replied, "I am not going. Will you let me speak to you a moment?" We went into my room. "I find," he continued, his confusion increasing as he spoke, "that I have been acting with my usual foolish impetuosity. I have entirely misunderstood Lady Susan, and was on the point of leaving the house under a false impression of her conduct. There has been some very great mistake; we have been all mistaken, I fancy. Frederica does not know her mother. Lady Susan means nothing but her good, but she will not make a friend of her. Lady Susan does not always know, therefore, what will make her daughter happy. Besides, I could have no right to interfere. Miss Vernon was mistaken in applying to me. In short, Catherine, everything has gone wrong, but it is now all happily settled. Lady Susan, I believe, wishes to speak to you about it, if you are at leisure." "Certainly," I replied, deeply sighing at the recital of so lame a story. I made no comments, however, for words would have been vain.

Reginald was glad to get away, and I went to Lady Susan, curious, indeed, to hear her account of it. "Did I not tell you," said she with a smile, "that your brother would not leave us after all?" "You did, indeed," replied I very gravely;

"but I flattered myself you would be mistaken." "I should not have hazarded such an opinion," returned she, "if it had not at that moment occurred to me that his resolution of going might be occasioned by a conversation in which we had been this morning engaged, and which had ended very much to his dissatisfaction, from our not rightly understanding each other's meaning. This idea struck me at the moment, and I instantly determined that an accidental dispute, in which I might probably be as much to blame as himself, should not deprive you of your brother. If you remember, I left the room almost immediately. I was resolved to lose no time in clearing up those mistakes as far as I could. The case was this—Frederica had set herself violently against marrying Sir James." "And can your ladyship wonder that she should?" cried I with some warmth; "Frederica has an excellent understanding, and Sir James has none." "I am at least very far from regretting it, my dear sister," said she; "on the contrary, I am grateful for so favourable a sign of my daughter's sense. Sir James is certainly below par (his boyish manners make him appear worse); and had Frederica possessed the penetration and the abilities which I could have wished in my daughter, or had I even known her to possess as much as she does, I should not have been anxious for the match." "It is odd that you should alone be ignorant of your daughter's sense!" "Frederica never does justice to herself; her manners are shy and childish, and besides she is afraid of me. During her poor father's life she was a spoilt child; the severity which it has since been necessary for me to show has alienated her affection; neither has she any of that brilliancy of intellect, that genius or vigour of mind which will force itself forward." "Say rather that she has been unfortunate in her education!" "Heaven knows, my dearest Mrs. Vernon, how fully I am aware of that; but I would wish to forget every circumstance that might throw blame on the memory of one whose name is sacred with me." Here she pretended to cry; I was out of patience with her. "But what," said I, "was your ladyship going to tell me about your disagreement with my brother?" "It originated in an action of my daughter's, which equally marks her want of judgment and the unfortunate dread of me I have been mentioning—she wrote to Mr. De Courcy." "I know she did; you had forbidden her speaking to Mr. Vernon or to me on the cause of her distress; what could she do, therefore, but apply to my brother?" "Good God!"

she exclaimed, "what an opinion you must have of me! Can you possibly suppose that I was aware of her unhappiness! that it was my object to make my own child miserable, and that I had forbidden her speaking to you on the subject from a fear of your interrupting the diabolical scheme? Do you think me destitute of every honest, every natural feeling? Am I capable of consigning HER to everlasting misery whose welfare it is my first earthly duty to promote? The idea is horrible!" "What, then, was your intention when you insisted on her silence?" "Of what use, my dear sister, could be any application to you, however the affair might stand? Why should I subject you to entreaties which I refused to attend to myself? Neither for your sake nor for hers, nor for my own, could such a thing be desirable. When my own resolution was taken I could not wish for the interference, however friendly, of another person. I was mistaken, it is true, but I believed myself right." "But what was this mistake to which your ladyship so often alludes! from whence arose so astonishing a misconception of your daughter's feelings! Did you not know that she disliked Sir James?" "I knew that he was not absolutely the man she would have chosen, but I was persuaded that her objections to him did not arise from any perception of his deficiency. You must not question me, however, my dear sister, too minutely on this point," continued she, taking me affectionately by the hand; "I honestly own that there is something to conceal. Frederica makes me very unhappy! Her applying to Mr. De Courcy hurt me particularly." "What is it you mean to infer," said I, "by this appearance of mystery? If you think your daughter at all attached to Reginald, her objecting to Sir James could not less deserve to be attended to than if the cause of her objecting had been a consciousness of his folly; and why should your ladyship, at any rate, quarrel with my brother for an interference which, you must know, it is not in his nature to refuse when urged in such a manner?"

"His disposition, you know, is warm, and he came to expostulate with me; his compassion all alive for this ill-used girl, this heroine in distress! We misunderstood each other: he believed me more to blame than I really was; I considered his interference less excusable than I now find it. I have a real regard for him, and was beyond expression mortified to find it, as I thought, so ill bestowed. We were both warm, and of course both to blame. His resolution of leaving Churchhill is consistent with his general eagerness. When

I understood his intention, however, and at the same time began to think that we had been perhaps equally mistaken in each other's meaning, I resolved to have an explanation before it was too late. For any member of your family I must always feel a degree of affection, and I own it would have sensibly hurt me if my acquaintance with Mr. De Courcy had ended so gloomily. I have now only to say further, that as I am convinced of Frederica's having a reasonable dislike to Sir James, I shall instantly inform him that he must give up all hope of her. I reproach myself for having, even though innocently, made her unhappy on that score. She shall have all the retribution in my power to make; if she value her own happiness as much as I do, if she judge wisely, and command herself as she ought, she may now be easy. Excuse me, my dearest sister, for thus trespassing on your time, but I owe it to my own character; and after this explanation I trust I am in no danger of sinking in your opinion." I could have said, "Not much, indeed!" but I left her almost in silence. It was the greatest stretch of forbearance I could practise. I could not have stopped myself had I begun. Her assurance! her deceit! but I will not allow myself to dwell on them; they will strike you sufficiently. My heart sickens within me. As soon as I was tolerably composed I returned to the parlour. Sir James's carriage was at the door, and he, merry as usual, soon afterwards took his leave. How easily does her ladyship encourage or dismiss a lover! In spite of this release, Frederica still looks unhappy: still fearful, perhaps, of her mother's anger; and though dreading my brother's departure, jealous, it may be, of his staying. I see how closely she observes him and Lady Susan, poor girl! I have now no hope for her. There is not a chance of her affection being returned. He thinks very differently of her from what he used to do; he does her some justice, but his reconciliation with her mother precludes every dearer hope. Prepare, my dear mother, for the worst! The probability of their marrying is surely heightened! He is more securely hers than ever. When that wretched event takes place, Frederica must belong wholly to us. I am thankful that my last letter will precede this by so little, as every moment that you can be saved from feeling a joy which leads only to disappointment is of consequence.

Yours ever, &c.,

CATHERINE VERNON.

XXV

LADY SUSAN TO MRS. JOHNSON

Churchhill.

I call on you, dear Alicia, for congratulations: I am my own self, gay and triumphant! When I wrote to you the other day I was, in truth, in high irritation, and with ample cause. Nay, I know not whether I ought to be quite tranquil now, for I have had more trouble in restoring peace than I ever intended to submit to—a spirit, too, resulting from a fancied sense of superior integrity, which is peculiarly insolent! I shall not easily forgive him, I assure you. He was actually on the point of leaving Churchhill! I had scarcely concluded my last, when Wilson brought me word of it. I found, therefore, that something must be done; for I did not choose to leave my character at the mercy of a man whose passions are so violent and so revengeful. It would have been trifling with my reputation to allow of his departing with such an impression in my disfavour; in this light, condescension was necessary. I sent Wilson to say that I desired to speak with him before he went; he came immediately. The angry emotions which had marked every feature when we last parted were partially subdued. He seemed astonished at the summons, and looked as if half wishing and half fearing to be softened by what I might say. If my countenance expressed what I aimed at, it was composed and dignified; and yet, with a degree of pensiveness which might convince him that I was not quite happy. "I beg your pardon, sir, for the liberty I have taken in sending for you," said I; "but as I have just learnt your intention of leaving this place to-day, I feel it my duty to entreat that you will not on my account shorten your visit here even an hour. I am perfectly aware that after what has passed between us it would ill suit the feelings of either to remain longer in the same house: so very great, so total a change from the intimacy of friendship must render any future intercourse the severest punishment; and your resolution of quitting Churchhill is undoubtedly in unison with our situation, and with those lively feelings which I know you to possess. But, at the same time, it is not for me to suffer such a sacrifice as it must be to leave relations to whom you are so much attached, and are so dear. My remaining here cannot give that pleasure to Mr.

and Mrs. Vernon which your society must; and my visit
has already perhaps been too long. My removal, therefore,
which must, at any rate, take place soon, may, with perfect
convenience, be hastened; and I make it my particular
request that I may not in any way be instrumental in
separating a family so affectionately attached to each other.
Where I go is of no consequence to anyone; of very little to
myself; but you are of importance to all your connections."
Here I concluded, and I hope you will be satisfied with my
speech. Its effect on Reginald justifies some portion of
vanity, for it was no less favourable than instantaneous.
Oh, how delightful it was to watch the variations of his
countenance while I spoke! to see the struggle between
returning tenderness and the remains of displeasure. There
is something agreeable in feelings so easily worked on; not
that I envy him their possession, nor would, for the world,
have such myself; but they are very convenient when one
wishes to influence the passions of another. And yet this
Reginald, whom a very few words from me softened at once
into the utmost submission, and rendered more tractable,
more attached, more devoted than ever, would have left
me in the first angry swelling of his proud heart without

deigning to seek an explanation. Humbled as he now is, I cannot forgive him such an instance of pride, and am doubtful whether I ought not to punish him by dismissing him at once after this reconciliation, or by marrying and teazing him for ever. But these measures are each too violent to be adopted without some deliberation; at present my thoughts are fluctuating between various schemes. I have many things to compass: I must punish Frederica, and pretty severely too, for her application to Reginald; I must punish him for receiving it so favourably, and for the rest of his conduct. I must torment my sister—in—law for the insolent triumph of her look and manner since Sir James has been dismissed; for, in reconciling Reginald to me, I was not able to save that ill—fated young man; and I must make myself amends for the humiliation to which I have stooped within these few days. To effect all this I have various plans. I have also an idea of being soon in town; and whatever may be my determination as to the rest, I shall probably put THAT project in execution; for London will be always the fairest field of action, however my views may be directed; and at any rate I shall there be rewarded by your society, and a little dissipation, for a ten weeks' penance at Churchhill. I believe I owe it to my character to complete the match between my daughter and Sir James after having so long intended it. Let me know your opinion on this point. Flexibility of mind, a disposition easily biassed by others, is an attribute which you know I am not very desirous of obtaining; nor has Frederica any claim to the indulgence of her notions at the expense of her mother's inclinations. Her idle love for Reginald, too! It is surely my duty to discourage such romantic nonsense. All things considered, therefore, it seems incumbent on me to take her to town and marry her immediately to Sir James. When my own will is effected contrary to his, I shall have some credit in being on good terms with Reginald, which at present, in fact, I have not; for though he is still in my power, I have given up the very article by which our quarrel was produced, and at best the honour of victory is doubtful. Send me your opinion on all these matters, my dear Alicia, and let me know whether you can get lodgings to suit me within a short distance of you.

Your most attached
S. VERNON.

XXVI

MRS. JOHNSON TO LADY SUSAN

Edward Street.

I am gratified by your reference, and this is my advice: that you come to town yourself, without loss of time, but that you leave Frederica behind. It would surely be much more to the purpose to get yourself well established by marrying Mr. De Courcy, than to irritate him and the rest of his family by making her marry Sir James. You should think more of yourself and less of your daughter. She is not of a disposition to do you credit in the world, and seems precisely in her proper place at Churchhill, with the Vernons. But you are fitted for society, and it is shameful to have you exiled from it. Leave Frederica, therefore, to punish herself for the plague she has given you, by indulging that romantic tender-heartedness which will always ensure her misery enough, and come to London as soon as you can. I have another reason for urging this: Mainwaring came to town last week, and has contrived, in spite of Mr. Johnson, to make opportunities of seeing me. He is absolutely miserable about you, and jealous to such a degree of De Courcy that it would be highly unadvisable for them to meet at present. And yet, if you do not allow him to see you here, I cannot answer for his not committing some great imprudence—such as going to Churchhill, for instance, which would be dreadful! Besides, if you take my advice, and resolve to marry De Courcy, it will be indispensably necessary to you to get Mainwaring out of the way; and you only can have influence enough to send him back to his wife. I have still another motive for your coming: Mr. Johnson leaves London next Tuesday; he is going for his health to Bath, where, if the waters are favourable to his constitution and my wishes, he will be laid up with the gout many weeks. During his absence we shall be able to chuse our own society, and to have true enjoyment. I would ask you to Edward Street, but that once he forced from me a kind of promise never to invite you to my house; nothing but my being in the utmost distress for money should have extorted it from me. I can get you, however, a nice drawing—room apartment in Upper Seymour Street, and we may be always together there or here; for I consider my promise to Mr. Johnson as comprehending only (at least in his absence) your not sleeping in the house. Poor Mainwaring gives me such histories of his wife's jealousy. Silly woman to expect constancy from so charming a man! but she always was silly—intolerably so in marrying him at all, she the heiress of a large fortune and he without a shilling: one title, I know, she might have had, besides baronets. Her folly in forming the connection was so great that, though Mr. Johnson was her guardian, and I do not in general share HIS feelings, I never can forgive her.

Adieu. Yours ever,

ALICIA.

XXVII

MRS. VERNON TO LADY DE COURCY

Churchhill.

This letter, my dear Mother, will be brought you by Reginald. His long visit is about to be concluded at last, but I fear the separation takes place too late to do us any good. She is going to London to see her particular friend, Mrs. Johnson. It was at first her intention that Frederica should accompany her, for the benefit of masters, but we overruled her there. Frederica was wretched in the idea of going, and I could not bear to have her at the mercy of her mother; not all the masters in London could compensate for the ruin of her comfort. I should have feared, too, for her health, and for everything but her principles—there I believe she is not to be injured by her mother, or her mother's friends; but with those friends she must have mixed (a very bad set, I doubt not), or have been left in total solitude, and I can hardly tell which would have been worse for her. If she is with her mother, moreover, she must, alas! in all probability be with Reginald, and that would be the greatest evil of all. Here we shall in time be in peace, and our regular employments, our books and conversations, with exercise, the children, and every domestic pleasure in my power to procure her, will, I trust, gradually overcome this youthful attachment. I should not have a doubt of it were she slighted for any other woman in the world than her own mother. How long Lady Susan will be in town, or whether she returns here again, I know not. I could not be cordial in my invitation, but if she chuses to come no want of cordiality on my part will keep her away. I could not help asking Reginald if he intended being in London this winter, as soon as I found her ladyship's steps would be bent thither; and though he professed himself quite undetermined, there was something in his look and voice as he spoke which contradicted his words. I have done with lamentation; I look upon the event as so far decided that I resign myself to it in despair. If he leaves you soon for London everything will be concluded.

Your affectionate, &c.,

C. VERNON.

XXVIII

MRS. JOHNSON TO LADY SUSAN

Edward Street.

My dearest Friend, —I write in the greatest distress; the
most unfortunate event has just taken place. Mr. Johnson
has hit on the most effectual manner of plaguing us all.
He had heard, I imagine, by some means or other, that you
were soon to be in London, and immediately contrived to
have such an attack of the gout as must at least delay his
journey to Bath, if not wholly prevent it. I am persuaded
the gout is brought on or kept off at pleasure; it was the
same when I wanted to join the Hamiltons to the Lakes;
and three years ago, when I had a fancy for Bath, nothing
could induce him to have a gouty symptom.

I am pleased to find that my letter had so much effect
on you, and that De Courcy is certainly your own. Let me
hear from you as soon as you arrive, and in particular tell
me what you mean to do with Mainwaring. It is impossible
to say when I shall be able to come to you; my confinement
must be great. It is such an abominable trick to be ill here

instead of at Bath that I can scarcely command myself at all. At Bath his old aunts would have nursed him, but here it all falls upon me; and he bears pain with such patience that I have not the common excuse for losing my temper.

Yours ever,

ALICIA.

XXIX

LADY SUSAN VERNON TO MRS. JOHNSON

Upper Seymour Street.

My dear Alicia, —There needed not this last fit of the gout to make me detest Mr. Johnson, but now the extent of my aversion is not to be estimated. To have you confined as nurse in his apartment! My dear Alicia, of what a mistake were you guilty in marrying a man of his age! just old enough to be formal, ungovernable, and to have the gout; too old to be agreeable, too young to die. I arrived last night about five, had scarcely swallowed my dinner when Mainwaring made his appearance. I will not dissemble what real pleasure his sight afforded me, nor how strongly I felt the contrast between his person and manners and those of Reginald, to the infinite disadvantage of the latter. For an hour or two I was even staggered in my resolution of marrying him, and though this was too idle and nonsensical an idea to remain long on my mind, I do not feel very eager for the conclusion of my marriage, nor look forward with much impatience to the time when Reginald, according to our agreement, is to be in town. I shall probably put off his arrival under some pretence or other. He must not come till Mainwaring is gone. I am still doubtful at times as to marrying; if the old man would die I might not hesitate, but a state of dependance on the caprice of Sir Reginald will not suit the freedom of my spirit; and if I resolve to wait for that event, I shall have excuse enough at present in having been scarcely ten months a widow. I have not given Mainwaring any hint of my intention, or allowed him to consider my acquaintance with Reginald as more than the commonest flirtation, and he is tolerably appeased. Adieu, till we meet; I am enchanted with my lodgings.

Yours ever,

S. VERNON.

XXX

LADY SUSAN VERNON TO MR. DE COURCY

Upper Seymour Street.

I have received your letter, and though I do not attempt to conceal that I am gratified by your impatience for the hour of meeting, I yet feel myself under the necessity of delaying that hour beyond the time originally fixed. Do not think me unkind for such an exercise of my power, nor accuse me of instability without first hearing my reasons. In the course of my journey from Churchhill I had ample leisure for reflection on the present state of our affairs, and every review has served to convince me that they require a delicacy and cautiousness of conduct to which we have hitherto been too little attentive. We have been hurried on by our feelings to a degree of precipitation which ill accords with the claims of our friends or the opinion of the world. We have been unguarded in forming this hasty engagement, but we must not complete the imprudence by ratifying it while there is so much reason to fear the connection would be opposed by those friends on whom you depend. It is not for us to blame any expectations on your father's side of your marrying to advantage; where possessions are so extensive as those of your family, the wish of increasing them, if not strictly reasonable, is too common to excite surprize or resentment. He has a right to require; a woman of fortune in his daughter–in–law, and I am sometimes quarrelling with myself for suffering you to form a connection so imprudent; but the influence of reason is often acknowledged too late by those who feel like me. I have now been but a few months a widow, and, however little indebted to my husband's memory for any happiness derived from him during a union of some years, I cannot forget that the indelicacy of so early a second marriage must subject me to the censure of the world, and incur, what would be still more insupportable, the displeasure of Mr. Vernon. I might perhaps harden myself in time against the injustice of general reproach, but the loss of HIS valued esteem I am, as you well know, ill–fitted to endure; and when to this may be added the consciousness of having injured you with your family, how am I to support myself? With feelings so poignant as mine, the conviction of having divided the son from his parents would make me, even with you, the most miserable of beings. It will surely, therefore, be advisable to delay our union—to delay it till appearances are more promising—till affairs have taken a more favourable turn. To assist us in such a resolution I feel that absence will be necessary. We must not meet. Cruel as this sentence may appear, the necessity of pronouncing it, which can alone reconcile it to myself, will be evident to you when you have considered our situation in the light in which I have found myself imperiously obliged to place it. You may be—you must be—well assured that nothing but the strongest conviction of duty could induce me to wound my own feelings by urging a lengthened separation, and of insensibility to yours you will hardly suspect me. Again, therefore, I say that we ought not, we must not, yet meet. By a removal for some months from each other we shall tranquillise the sisterly fears of Mrs. Vernon, who, accustomed herself to the enjoyment of riches, considers fortune as necessary everywhere, and whose sensibilities are not of a nature to comprehend ours. Let me hear from you soon—very soon. Tell me that you submit to my arguments, and do not reproach me for using such. I cannot bear reproaches: my spirits are not so high as to need

being repressed. I must endeavour to seek amusement, and
fortunately many of my friends are in town; amongst them
the Mainwarings; you know how sincerely I regard both
husband and wife.

I am, very faithfully yours,

S. VERNON

XXXI

LADY SUSAN TO MRS. JOHNSON

Upper Seymour Street.

My dear Friend, —That tormenting creature, Reginald, is here. My letter, which was intended to keep him longer in the country, has hastened him to town. Much as I wish him away, however, I cannot help being pleased with such a proof of attachment. He is devoted to me, heart and soul. He will carry this note himself, which is to serve as an introduction to you, with whom he longs to be acquainted. Allow him to spend the evening with you, that I may be in no danger of his returning here. I have told him that I am not quite well, and must be alone; and should he call again there might be confusion, for it is impossible to be sure of servants. Keep him, therefore, I entreat you, in Edward Street. You will not find him a heavy companion, and I allow you to flirt with him as much as you like. At the same time, do not forget my real interest; say all that you can to convince him that I shall be quite wretched if he remains here; you know my reasons—propriety, and so forth. I would urge them more myself, but that I am impatient to be rid of him, as Mainwaring comes within half an hour. Adieu!

S VERNON

XXXII

MRS. JOHNSON TO LADY SUSAN

Edward Street.

My dear Creature, —I am in agonies, and know not what
to do. Mr. De Courcy arrived just when he should not. Mrs.
Mainwaring had that instant entered the house, and forced
herself into her guardian's presence, though I did not know
a syllable of it till afterwards, for I was out when both she
and Reginald came, or I should have sent him away at all
events; but she was shut up with Mr. Johnson, while he
waited in the drawing-room for me. She arrived yesterday
in pursuit of her husband, but perhaps you know this
already from himself. She came to this house to entreat my
husband's interference, and before I could be aware of it,
everything that you could wish to be concealed was known
to him, and unluckily she had wormed out of Mainwaring's
servant that he had visited you every day since your being
in town, and had just watched him to your door herself!
What could I do! Facts are such horrid things! All is by
this time known to De Courcy, who is now alone with Mr.

Johnson. Do not accuse me; indeed, it was impossible to prevent it. Mr. Johnson has for some time suspected De Courcy of intending to marry you, and would speak with him alone as soon as he knew him to be in the house. That detestable Mrs. Mainwaring, who, for your comfort, has fretted herself thinner and uglier than ever, is still here, and they have been all closeted together. What can be done? At any rate, I hope he will plague his wife more than ever. With anxious wishes, Yours faithfully,

ALICIA.

XXXIII

LADY SUSAN TO MRS. JOHNSON

Upper Seymour Street.

This eclaircissement is rather provoking. How unlucky that you should have been from home! I thought myself sure of you at seven! I am undismayed however. Do not torment yourself with fears on my account; depend on it, I can make my story good with Reginald. Mainwaring is just gone; he brought me the news of his wife's arrival. Silly woman, what does she expect by such manoeuvres? Yet I wish she had stayed quietly at Langford. Reginald will be a little enraged at first, but by to-morrow's dinner, everything will be well again.

Adieu!

S. V.

XXXIV

MR. DE COURCY TO LADY SUSAN

—Hotel

I write only to bid you farewell, the spell is removed; I see you as you are. Since we parted yesterday, I have received from indisputable authority such a history of you as must bring the most mortifying conviction of the imposition I have been under, and the absolute necessity of an immediate and eternal separation from you. You cannot doubt to what I allude. Langford! Langford! that word will be sufficient. I received my information in Mr. Johnson's house, from Mrs. Mainwaring herself. You know how I have loved you; you can intimately judge of my present feelings, but I am not so weak as to find indulgence in describing them to a woman who will glory in having excited their anguish, but whose affection they have never been able to gain.

R. DE COURCY.

XXXV

LADY SUSAN TO MR. DE COURCY

Upper Seymour Street.

I will not attempt to describe my astonishment in reading the note this moment received from you. I am bewildered in my endeavours to form some rational conjecture of what Mrs. Mainwaring can have told you to occasion so extraordinary a change in your sentiments. Have I not explained everything to you with respect to myself which could bear a doubtful meaning, and which the ill-nature of the world had interpreted to my discredit? What can you now have heard to stagger your esteem for me? Have I ever had a concealment from you? Reginald, you agitate me beyond expression. I cannot suppose that the old story of Mrs. Mainwaring's jealousy can be revived again, or at least be LISTENED to again. Come to me immediately, and explain what is at present absolutely incomprehensible. Believe me the single word of Langford is not of such potent intelligence as to supersede the necessity of more. If we ARE to part, it will at least be handsome to take your personal leave—but I have little heart to jest; in truth, I am serious enough; for to be sunk, though but for an hour, in your esteem is a humiliation to which I know not how to submit. I shall count every minute till your arrival.

S. V.

XXXVI

MR. DE COURCY TO LADY SUSAN

－－Hotel.

Why would you write to me? Why do you require particulars? But, since it must be so, I am obliged to declare that all the accounts of your misconduct during the life, and since the death of Mr. Vernon, which had reached me, in common with the world in general, and gained my entire belief before I saw you, but which you, by the exertion of your perverted abilities, had made me resolved to disallow, have been unanswerably proved to me; nay more, I am assured that a connection, of which I had never before entertained a thought, has for some time existed, and still continues to exist, between you and the man whose family you robbed of its peace in return for the hospitality with which you were received into it; that you have corresponded with him ever since your leaving Langford; not with his wife, but with him, and that he now visits you every day. Can you, dare you deny it? and all this at the time when I was an encouraged, an accepted lover!

From what have I not escaped! I have only to be grateful. Far from me be all complaint, every sigh of regret. My own folly had endangered me, my preservation I owe to the kindness, the integrity of another; but the unfortunate Mrs. Mainwaring, whose agonies while she related the past seemed to threaten her reason, how is SHE to be consoled! After such a discovery as this, you will scarcely affect further wonder at my meaning in bidding you adieu. My understanding is at length restored, and teaches no less to abhor the artifices which had subdued me than to despise myself for the weakness on which their strength was founded.

R. DE COURCY.

XXXVII

LADY SUSAN TO MR. DE COURCY

Upper Seymour Street.

I am satisfied, and will trouble you no more when these few lines are dismissed. The engagement which you were eager to form a fortnight ago is no longer compatible with your views, and I rejoice to find that the prudent advice of your parents has not been given in vain. Your restoration to peace will, I doubt not, speedily follow this act of filial obedience, and I flatter myself with the hope of surviving my share in this disappointment.

S. V.

XXXVIII

MRS. JOHNSON TO LADY SUSAN VERNON

Edward Street

I am grieved, though I cannot be astonished at your
rupture with Mr. De Courcy; he has just informed Mr.
Johnson of it by letter. He leaves London, he says, to-day.
Be assured that I partake in all your feelings, and do not
be angry if I say that our intercourse, even by letter, must
soon be given up. It makes me miserable; but Mr. Johnson
vows that if I persist in the connection, he will settle in
the country for the rest of his life, and you know it is
impossible to submit to such an extremity while any other
alternative remains. You have heard of course that the
Mainwarings are to part, and I am afraid Mrs. M. will come
home to us again; but she is still so fond of her husband,
and frets so much about him, that perhaps she may not
live long. Miss Mainwaring is just come to town to be with
her aunt, and they say that she declares she will have Sir
James Martin before she leaves London again. If I were you,
I would certainly get him myself. I had almost forgot to

give you my opinion of Mr. De Courcy; I am really delighted with him; he is full as handsome, I think, as Mainwaring, and with such an open, good-humoured countenance, that one cannot help loving him at first sight. Mr. Johnson and he are the greatest friends in the world. Adieu, my dearest Susan, I wish matters did not go so perversely. That unlucky visit to Langford! but I dare say you did all for the best, and there is no defying destiny.

Your sincerely attached

ALICIA.

XXXIX

LADY SUSAN TO MRS. JOHNSON

Upper Seymour Street.

My dear Alicia, — I yield to the necessity which parts us. Under circumstances you could not act otherwise. Our friendship cannot be impaired by it, and in happier times, when your situation is as independent as mine, it will unite us again in the same intimacy as ever. For this I shall impatiently wait, and meanwhile can safely assure you that I never was more at ease, or better satisfied with myself and everything about me than at the present hour. Your husband I abhor, Reginald I despise, and I am secure of never seeing either again. Have I not reason to rejoice? Mainwaring is more devoted to me than ever; and were we at liberty, I doubt if I could resist even matrimony offered by HIM. This event, if his wife live with you, it may be in your power to hasten. The violence of her feelings, which must wear her out, may be easily kept in irritation. I rely on your friendship for this. I am now satisfied that I never could have brought myself to marry Reginald, and am equally determined that Frederica never shall. To—morrow, I shall fetch her from Churchhill, and let Maria Mainwaring tremble for the consequence. Frederica shall be Sir James's wife before she quits my house, and she may whimper, and the Vernons may storm, I regard them not. I am tired of submitting my will to the caprices of others; of resigning my own judgment in deference to those to whom I owe no duty, and for whom I feel no respect. I have given up too much, have been too easily worked on, but Frederica shall now feel the difference. Adieu, dearest of friends; may the next gouty attack be more favourable! and may you always regard me as unalterably yours,

S. VERNON

XL

LADY DE COURCY TO MRS. VERNON

My dear Catherine, —I have charming news for you, and if I had not sent off my letter this morning you might have been spared the vexation of knowing of Reginald's being gone to London, for he is returned. Reginald is returned, not to ask our consent to his marrying Lady Susan, but to tell us they are parted for ever. He has been only an hour in the house, and I have not been able to learn particulars, for he is so very low that I have not the heart to ask questions, but I hope we shall soon know all. This is the most joyful hour he has ever given us since the day of his birth. Nothing is wanting but to have you here, and it is our particular wish and entreaty that you would come to us as soon as you can. You have owed us a visit many long weeks; I hope nothing will make it inconvenient to Mr. Vernon; and pray bring all my grand-children; and your dear niece is included, of course; I long to see her. It has been a sad, heavy winter hitherto, without Reginald, and seeing nobody from Churchhill. I never found the season so dreary before; but this happy meeting will make us young again. Frederica runs much in my thoughts, and when Reginald has recovered his usual good spirits (as I trust he soon will) we will try to rob him of his heart once more, and I am full of hopes of seeing their hands joined at no great distance.

Your affectionate mother,

C. DE COURCY

XLI

MRS. VERNON TO LADY DE COURCY

Churchhill.

My dear Mother, — Your letter has surprized me beyond
measure! Can it be true that they are really separated—
and for ever? I should be overjoyed if I dared depend on it,
but after all that I have seen how can one be secure. And
Reginald really with you! My surprize is the greater because
on Wednesday, the very day of his coming to Parklands,
we had a most unexpected and unwelcome visit from
Lady Susan, looking all cheerfulness and good—humour,
and seeming more as if she were to marry him when she
got to London than as if parted from him for ever. She
stayed nearly two hours, was as affectionate and agreeable
as ever, and not a syllable, not a hint was dropped, of
any disagreement or coolness between them. I asked her
whether she had seen my brother since his arrival in town;
not, as you may suppose, with any doubt of the fact, but
merely to see how she looked. She immediately answered,
without any embarrassment, that he had been kind enough

to call on her on Monday; but she believed he had already returned home, which I was very far from crediting. Your kind invitation is accepted by us with pleasure, and on Thursday next we and our little ones will be with you. Pray heaven, Reginald may not be in town again by that time! I wish we could bring dear Frederica too, but I am sorry to say that her mother's errand hither was to fetch her away; and, miserable as it made the poor girl, it was impossible to detain her. I was thoroughly unwilling to let her go, and so was her uncle; and all that could be urged we did urge; but Lady Susan declared that as she was now about to fix herself in London for several months, she could not be easy if her daughter were not with her for masters, &c. Her manner, to be sure, was very kind and proper, and Mr. Vernon believes that Frederica will now be treated with affection. I wish I could think so too. The poor girl's heart was almost broke at taking leave of us. I charged her to write to me very often, and to remember that if she were in any distress we should be always her friends. I took care to see her alone, that I might say all this, and I hope made her a little more comfortable; but I shall not be easy till I can go to town and judge of her situation myself. I wish there were a better prospect than now appears of the match which the conclusion of your letter declares your expectations of. At present, it is not very likely,

Yours ever, &c.,

C. VERNON

CONCLUSION

This correspondence, by a meeting between some of the parties, and a separation between the others, could not, to the great detriment of the Post Office revenue, be continued any longer. Very little assistance to the State could be derived from the epistolary intercourse of Mrs. Vernon and her niece; for the former soon perceived, by the style of Frederica's letters, that they were written under her mother's inspection! and therefore, deferring all particular enquiry till she could make it personally in London, ceased writing minutely or often. Having learnt enough, in the meanwhile, from her open-hearted brother, of what had passed between him and Lady Susan to sink the latter lower than ever in her opinion, she was proportionably more anxious to get Frederica removed from such a mother, and placed under her own care; and, though with little hope of success, was resolved to leave nothing unattempted that might offer a chance of obtaining her sister-in-law's consent to it. Her anxiety on the subject made her press for an early visit to London; and Mr. Vernon, who, as it must already have appeared, lived only to do whatever he was desired, soon found some accommodating business to call him thither. With a heart full of the matter, Mrs. Vernon waited on Lady Susan shortly after her arrival in town, and was met with such an easy and cheerful affection, as made her almost turn from her with horror. No remembrance of Reginald, no consciousness of guilt, gave one look of embarrassment; she was in excellent spirits, and seemed eager to show at once by ever possible attention to her brother and sister her sense of their kindness, and her pleasure in their society. Frederica was no more altered than Lady Susan; the same restrained manners, the same timid look in the presence of her mother as heretofore, assured her aunt of her situation being uncomfortable, and confirmed her in the plan of altering it. No unkindness, however, on the part of Lady Susan appeared. Persecution on the subject of Sir James was entirely at an end; his name merely mentioned to say that he was not in London; and indeed, in all her conversation, she was solicitous only for the welfare and improvement of her daughter, acknowledging, in terms of grateful delight, that Frederica was now growing every day more and more what a parent could desire. Mrs. Vernon, surprized and incredulous, knew not what to suspect, and, without any change in her own views, only feared greater difficulty in accomplishing them. The first hope of anything better was derived from Lady Susan's asking her whether she thought Frederica looked quite as well as she had done at Churchhill, as she must confess herself to have sometimes an anxious doubt of London's perfectly agreeing with her. Mrs. Vernon, encouraging the doubt, directly proposed her niece's returning with them into the country. Lady Susan was unable to express her sense of such kindness, yet knew not, from a variety of reasons, how to part with her daughter; and as, though her own plans were not yet wholly fixed, she trusted it would ere long be in her power to take Frederica into the country herself, concluded by declining entirely to profit by such unexampled attention. Mrs. Vernon persevered, however, in the offer of it, and though Lady Susan continued to resist, her resistance in the course of a few days seemed somewhat less formidable. The lucky alarm of an influenza decided what might not have been decided quite so soon. Lady Susan's maternal fears were then too much awakened for her to think of anything but

Frederica's removal from the risk of infection; above all disorders in the world she most dreaded the influenza for her daughter's constitution!

Frederica returned to Churchhill with her uncle and aunt; and three weeks afterwards, Lady Susan announced her being married to Sir James Martin. Mrs. Vernon was then convinced of what she had only suspected before, that she might have spared herself all the trouble of urging a removal which Lady Susan had doubtless resolved on from the first. Frederica's visit was nominally for six weeks, but her mother, though inviting her to return in one or two affectionate letters, was very ready to oblige the whole party by consenting to a prolongation of her stay, and in the course of two months ceased to write of her absence, and in the course of two or more to write to her at all. Frederica was therefore fixed in the family of her uncle and aunt till such time as Reginald De Courcy could be talked, flattered, and finessed into an affection for her which, allowing leisure for the conquest of his attachment to her mother, for his abjuring all future attachments, and detesting the sex, might be reasonably looked for in the course of a twelvemonth. Three months might have done it in general, but Reginald's feelings were no less lasting than lively. Whether Lady Susan was or was not happy in her second choice, I do not see how it can ever be ascertained; for who would take her assurance of it on either side of the question? The world must judge from probabilities; she had nothing against her but her husband, and her conscience. Sir James may seem to have drawn a harder lot than mere folly merited; I leave him, therefore, to all the pity that anybody can give him. For myself, I confess that I can pity only Miss Mainwaring; who, coming to town, and putting herself to an expense in clothes which impoverished her for two years, on purpose to secure him, was defrauded of her due by a woman ten years older than herself.

왓북 전자책 목록

어디서도 볼 수 없는 독특한 기획과 재미로 무장한
왓북의 전자책을 소개합니다!

1. 북배틀 / 김명철 – 지루한 책읽기를 재미있게 만드는 새로운 방법

2. 우리가 보지못했던 우리선수 / 신무광 – 한국국적의 정대세가 북한대표가 된
이유는?

3. 지상 / 시마다 세이지로 – 요절한 천재 작가의 섬광처럼 빛나는 청춘문학

4. 문학 속에서 개를 만나다 / 마크 트웨인 외 – 마크 트웨인에서 버지니아 울프
까지, 11명의 작가가 그려낸 문학 속 개 이야기

5. 문학 속에서 고양이를 만나다 / 에드거 앨런 포 외 – 에드거 앨런 포에서 코난
도일까지, 12명의 작가가 그려낸 문학 속 고양이 이야기

6. 화성의 마술사: 일본 고전 SF 단편선 / 운노 주자 외 – 일본 SF 문학의 시작을
이 한 권에!

7. 화성 오디세이: 스탠리 와인바움 단편선 / 스탠리 와인바움 – 국내 처음으로
소개되는 천재 작가 스탠리 와인바움의 SF 단편선

8. 이상한 나라의 앨리스 / 루이스 캐럴 – 앨리스의 모험을 처음부터 끝까지 모두
즐길 수 있는 완역본

9. 거울 나라의 앨리스 / 루이스 캐럴 – 엄마와 딸이 함께 읽는 특별한 명작. 거울
속 세상을 여행하는 앨리스의 12가지 모험 이야기

10. 소설 깊이 들여다보기 / 다자이 오사무 외 – 새로운 시선으로 만나는 일본 근
대문학 단편선

11. 39계단 / 존 버컨 – 제임스 본드, 제이슨 본 시리즈의 모델이 된 첩보 소설의
고전

12. 고전 공포 걸작선 / 코난 도일 외 - 서양 문학 거장들의 기념비적 호러 단편 10선

13. 오즈의 위대한 마법사 / L. 프랭크 바움 - 동화의 재발견, 어른을 위한 동화. 도로시의 구두는 '은 구두(silver shoes)'일까, '빨간 구두(ruby shoes)'일까?

14. 밤보다 깊은 이야기 / 잭 런던 외 - 안타깝고 잔혹하고 재미있는 열편의 deep touch 스릴러

15. 슬리피 할로우의 전설 / 워싱턴 어빙 - 팀 버튼 감독, 조니 뎁 주연의 슬리피 할로우 원작!

16. 피터 래빗 이야기 / 베아트릭스 포터 - 100여 년 동안 전 세계 1억 부 이상, 30개 언어로 출간된 베아트릭스 포터의 『피터 래빗 이야기』 시리즈

17. 벤자민 버니 이야기 / 베아트릭스 포터 - 100여 년 동안 전 세계 1억 부 이상, 30개 언어로 출간된 베아트릭스 포터의 『피터 래빗 이야기』 시리즈 제 2권

18. 다람쥐 넛킨 이야기 / 베아트릭스 포터 - 100여 년 동안 전 세계 1억 부 이상, 30개 언어로 출간된 베아트릭스 포터의 『피터 래빗 이야기』 시리즈 제 3권

19. 제미마 퍼들 덕 이야기 / 베아트릭스 포터 - 100여 년 동안 전 세계 1억 부 이상, 30개 언어로 출간된 베아트릭스 포터의 『피터 래빗 이야기』 시리즈 제 4권

20. 글로스터의 재봉사 / 베아트릭스 포터 - 100여 년 동안 전 세계 1억 부 이상, 30개 언어로 출간된 베아트릭스 포터의 『피터 래빗 이야기』 시리즈 제 5권

21. 제레미 피셔 이야기 / 베아트릭스 포터 - 100여 년 동안 전 세계 1억 부 이상, 30개 언어로 출간된 베아트릭스 포터의 『피터 래빗 이야기』 시리즈 제 6권

22. 티기 윙클 이야기 / 베아트릭스 포터 - 100여 년 동안 전 세계 1억 부 이상, 30개 언어로 출간된 베아트릭스 포터의 『피터 래빗 이야기』 시리즈 제 7권

23. 아기 고양이 삼형제 / 베아트릭스 포터 - 100여 년 동안 전 세계 1억 부 이상, 30개 언어로 출간된 베아트릭스 포터의 『피터 래빗 이야기』 시리즈 제 8권

24. 플롭시 버니 이야기 / 베아트릭스 포터 - 100여 년 동안 전 세계 1억 부 이상, 30개 언어로 출간된 베아트릭스 포터의 『피터 래빗 이야기』 시리즈 제 9권

25. 티틀마우스 이야기 / 베아트릭스 포터 − 100여 년 동안 전 세계 1억 부 이상, 30개 언어로 출간된 베아트릭스 포터의「피터 래빗 이야기」시리즈 제 10권

26. 티미 팁토 이야기 / 베아트릭스 포터 − 100여 년 동안 전 세계 1억 부 이상, 30개 언어로 출간된 베아트릭스 포터의「피터 래빗 이야기」시리즈 제 11권

27. 시골쥐 티미 이야기 / 베아트릭스 포터 − 100여 년 동안 전 세계 1억 부 이상, 30개 언어로 출간된 베아트릭스 포터의「피터 래빗 이야기」시리즈 제 12권

28. 토미와 토드 이야기 / 베아트릭스 포터 − 100여 년 동안 전 세계 1억 부 이상, 30개 언어로 출간된 베아트릭스 포터의「피터 래빗 이야기」시리즈 제 13권

29. 톰 키튼 이야기 / 베아트릭스 포터 − 100여 년 동안 전 세계 1억 부 이상, 30개 언어로 출간된 베아트릭스 포터의「피터 래빗 이야기」시리즈 제 14권

30. 리비와 공작부인 이야기 / 베아트릭스 포터 − 100여 년 동안 전 세계 1억 부 이상, 30개 언어로 출간된 베아트릭스 포터의「피터 래빗 이야기」시리즈 제 15권

31. 진저와 피클 이야기 / 베아트릭스 포터 − 100여 년 동안 전 세계 1억 부 이상, 30개 언어로 출간된 베아트릭스 포터의「피터 래빗 이야기」시리즈 제 16권

32. 고양이 모펫 이야기 / 베아트릭스 포터 − 100여 년 동안 전 세계 1억 부 이상, 30개 언어로 출간된 베아트릭스 포터의「피터 래빗 이야기」시리즈 제 17권

33. 내가 가장 좋아하는 고전동화 / 에드릭 브리덴버그 − 월트 디즈니가 선택한 고전동화!

34. 행복의 비밀 / 월러스 워틀스 − 행복과 건강을 성취하는 비밀 열쇠, 무엇을 구하든 그대로 이루어지리라!

35. 살인사건집 / 사카구치 안고 − 제2회 탐정작가클럽상을 수상한 사카구치 안고의 단편 추리소설선

36. 블러드 선장(전2권) / 라파엘 사바티니 − 모험과 자유와 해적의 시대, 피로 얼룩진 바다의 진짜 활극이 눈앞에 생생하게 펼쳐진다!

37. 찰스 디킨스 작품집 1 / 찰스 디킨스 (엮은이 할리 어미니 리브스) − 탄생 200

주년을 맞이한 찰스 디킨스의 숨겨진 명작을 한 권에!

38. 들국화 무덤 / 이토 사치오 – 나쓰메 소세키가 극찬한 이토 사치오의 처녀작 우리 사랑을 막지마세요! 내사랑은 아직도 진행형

39. 문학상을 읽는다 / 아쿠타가와 류노스케, 나오키 산주고, 기쿠치 간 – 그들은 어떻게 문학상의 이름이 되었는가? 세 사람의 눈부신 작품 세계를 이 한권에!

40. 유령 호텔 / 윌리엄 윌키 콜린스 – 새로 개장한 팰리스 호텔, 그 안에서 어떤 사람들에게게만 나타나는 유령의 정체는?

41. 일본 괴담 단편집 / 다나카 고타로 – 물고기, 영리한 여자 요괴, 퇴마사, 멍청한 도둑 등이 펼치는 기묘한 이야기

42. 구석의 노인 / 에무스카 바로네스 오르치 – 끈에 매듭을 지을 때마다 하나씩 모습을 드러내는 단서들 구석의 노인이 밝혀내는 사건의 진상은?

43. 헤밍웨이 단편집 / 어니스트 헤밍웨이 – 미국 모더니즘 문학의 거장, 강하고 잘 통제된 '하드 보일드 문체'를 창조한 작가 헤밍웨이의 단편소설 세 작품을 쉽게 접할 수 있는 기회!

44. 환상의 나라 오즈 / 프랭크 바움 – 오즈의 마법사 시리즈 제2권! 오즈의 잃어버린 공주 오즈마를 찾아 떠나는 감동의 모험!

45. 어른이 된 뒤에도 읽는 동화 / 오가와 미메이 외 – '일본의 안데르센'이라 불리는 오가와 미메이를 비롯한 일본 동화작가들의 슬프고도 아름다운 이야기

46. 사라진 스트라디바리우스 / 존 미드 포크너 – 악마의 바이올린 스트라디바리우스가 탐욕에게 내리는 쾌락과 저주의 울림!

47. 서쪽 바람 아주머니 이야기: 왜 그렇게 됐을까? / 손튼 W. 버제스 – 잠자기 전 어린이들에게 들려주는 동물들의 이야기

48. 아쿠타가와 류노스케의 보물 같은 이야기 / 아쿠타가와 류노스케 – '아쿠타가와상'으로 유명한 아쿠타가와 류노스케가 쓴 동화 모음집

49. 모델 밀리어네어 / 오스카 와일드 – 아이의 마음을 가진 사람들을 위한 여덟 편의 이야기

50. 아마추어 괴도 / 어네스트 윌리엄 호닝 – 홈즈가 활약하는 19세기 런던의 밤을 누비던 괴도가 있었다? 괴도 이전의 괴도, 신사 도둑 A. J. 래플스!

51. 빅토리아 시대의 불행한 결혼 이야기 / 러디어드 키플링 외 – 빅토리아 시대의 결혼관을 엿볼 수 있는 〈빅토리아 시대의 결혼 이야기〉 시리즈 제1편

52. 문플리트 / 존 미드 포크너 – 달이 뜨지 않는 밤, 문플리트 마을에 밀수꾼들의 배와 검은 수염의 유령이 나타난다!

53. 이상적인 남편 / 오스카 와일드 – 이상적인 여자가 진짜 이상적인 남자를 만날 수 없는 이유

54. 가든파티 / 캐서린 맨스필드 – 현대인의 마음을 달래줄 은은한 허브티 같은 캐서린 맨스필드 단편선

55. 화성의 프린세스 / 애드가 라이스 버로스 – 제임스 카메론의 '아바타', 조지 루카스의 '스타워즈' 탄생에 큰 영향을 끼친 SF 소설의 고전!

56. 스콧 피츠제럴드 판타지 단편집 / F. 스콧 피츠제럴드 – 「위대한 개츠비」의 작가 스콧 피츠제럴드의 숨겨진 판타지 단편 모음집

57. 대우주 원정대 / 운노 주자 – 전쟁 영웅과 젊은 과학자의 우연한 만남과 우주 원정대의 일원으로 참가한 소년 사부로의 좌충우돌 우주 탐험기!

58. 천국행 철도 / 너대니얼 호손 – 인간의 어두운 본성과 위선을 폭로하다. 호손의 눈을 통해 본 현대인의 자화상!

59. 마이클 패러데이, 평생의 발자취 / 아이치 게이치 – 노력으로 한계를 뛰어넘은 위대한 과학자, 아인슈타인이 존경한 과학자

60. 맛있는 일본 문학 / 아쿠타가와 류노스케 외 – 문학으로 맛보는 일본의 영양죽과 보양식

61. 손다이크 박사의 사건집 (전2권) / R. 오스틴 프리먼 – 치밀한 관찰력으로 사소해 보이는 단서까지 모두 수집하여 범인을 밝혀내는 과학수사의 원조

62. 우리말과 영어로 동시에 읽는 그림 형제 동화 시리즈 I / 그림 형제 – 세계 명작 동화의 클래식, 그림 형제 동화 시리즈를 두 가지 언어로 만난다

76. 러비 메리 / 앨리스 헤간 라이스 - '빨강머리 앤', '작은 아씨들'의 향수를 불러일으키는 또 하나의 성장소설!

77. 더블린 사람들 / 제임스 조이스 - 선구적 모더니즘 작가 제임스 조이스의 마비된 도시 더블린의 영혼에 대한 배반!

78. 마지막 한 푼 / R. 오스틴 프리먼 - 아내를 살해한 도둑을 잡으려는 어느 석학의 피로 물든 복수

79. 자기암시 - 나를 변화시키는 상상의 힘 / 에밀 쿠에 - '나는 매일 모든 면에서 점점 좋아지고 있다'는 에밀 쿠에의 자기암시법 소개

80. 빅토리아 시대의 행복한 결혼 이야기 / 토머스 하디 외 - 빅토리아 시대의 결혼관을 엿볼 수 있는 〈빅토리아 시대의 결혼 이야기〉 시리즈 제2편

81. 한시치 체포록 1 / 오카모토 기도 - 국내 최초로 발간되는 오카모토 기도의 한시치 체포록 69편 전편 시리즈 제1편

82. 사랑을 탐하다 / 아벨라르 외 - 편지, 소설, 에세이에 담긴 사랑에 관한 다섯 편의 이야기

83. 톨스토이 단편선 1 / L. N. 톨스토이 - '어떻게 살 것인가'에 대한 물음을 던졌던 대문호 톨스토이의 사상과 종교, 인간에 대한 사랑이 담긴 정수

84. 추기경의 첩자 (전2권) / 스탠리 J. 와이먼 - 코난 도일, 로버트 루이스 스티븐슨이 극찬한 역사 모험 소설

85. 왕자와 거지 / 마크 트웨인 - 마크 트웨인의 딸이 최고로 꼽은 세계의 명작!

86. 너는 멘탈이 문제야 / 아널드 베넷 - 영국의 소설가 아널드 베넷이 전하는 젊은이를 위한 주머니 철학

87. 토마스 하디 단편집 / 토마스 하디 - 《테스》의 작가 토마스 하디의 잘 알려지지 않은 단편 모음집

88. 트릭 / 오구리 무시타로 외 - 일본 미스터리의 선구자 다섯 작가가 쓴 인간의 희로애락이 담긴 트릭 미스터리!

89. 욕망의 로맨스 / 작자 미상 - 상상 속에서만 가능했던 그 포르노 유토피아가

바로 우리 눈앞에

90. 친애하는 적에게 / 진 웹스터 – 키다리 아저씨 그 두 번째 이야기. 고아원 원장이 된 샐리가 인생의 진정한 의미를 찾아가는 좌충우돌 성장 스토리

91. 아라비안 나이트 / 리처드 프랜시스 버튼 – 원문에 가깝게 재해석된 천일 일(千一 日)의 흥미로운 모험과 신비로운 사랑 이야기

92. 아는 사람 이야기 / 스콧 피츠제럴드 외 – 최고 고전 작가 7인의 '아는 사람' 이야기

93 푸만추의 비밀 (전2권) / 색스 로머 – 셜록 홈즈를 다 읽었다면 이제는 푸만추다! 강력한 천재 악당 캐릭터의 매력!

94. 커피의 모든 것 / W. H. 우커스 – 커피의 기원과 전래, 역사와 인문학적 성찰까지 50가지 주제로 만나는 커피의 인문학

95. 모래톱의 수수께끼 (전2권) / 어스킨 칠더스 – 북해의 모래톱에 감추어진 음모를 발견하다. 픽션과 논픽션의 경계에 선 기념비적인 첩보 소설!

96. 러브크래프트 단편선 / H. P. 러브크래프트 – 크툴루 신화의 창조주이자 공포 문학의 거장 러브크래프트의 기이한 세계를 소개하는 단편 모음집

97. 드라큘라 (전2권) / 브램 스토커 – 사람의 피를 마셔야만 살아갈 수 있는 흡혈귀, 드라큘라 백작 때문에 사랑하는 친구를 잃은 사람들이 그를 쫓아 떠나는 이야기

98. 왕이 될 뻔한 사나이 / J. 러디어드 키플링 – 아주 잠시 왕이 되어 왕국을 지배하기도 했지만 끝끝내 진정한 왕은 될 수 없었던 두 사내의 신기루 같은 이야기

99. 문학으로 떠나는 일본 여행 / 유메노 규사쿠 외 10인 – 일본 각 지역을 배경으로 한 15편의 문학 속에 드러난 낯설고도 신선한 일본의 모습!

100. 푸르른 별나라로 / 오가와 미메이 – 일본의 안데르센이라 불리는 오가와 미메이 특유의 풍부한 표현과 따스한 시선이 돋보이는 어른 동화 스무 편!

101. 악마의 사전 / 앰브로스 비어스 – 이 시대를 날카롭게 꿰뚫는 새로운 눈. 친숙한 언어들을 통해 예리하고 재치 있게 세상 꼬집기.

102. 〈명작단편 번역강의 1〉 벤자민 버튼의 시간은 거꾸로 간다 / F. 스콧 피츠제럴드 – "시간을 거슬러서 날이 갈수록 젊어질 수 있다면 얼마나 좋을까?"라는 공상을 한편의 재미있는 이야기로 완성했다.

103. 〈명작단편 번역강의 2〉 천국일까, 지옥일까 / 마크 트웨인 – '진짜 기독교인'이란 별명으로 불리는 의사의 입을 빌려 고지식하고 융통성 없는 교조주의적 기독교인들의 신앙에 의문을 제기하고 있다.

104. 자기 전 내 마음에 들려주는 작은 동화 / 제임스 볼드윈 – 자기 전, 침대에 누워도 복잡한 마음에 잠이 안 올 때 이 책을 펼쳐보면 마음이 한 결 가벼워짐을 느낄 수 있을 것이다.

105. 에도가와 란포 소년탐정단 시리즈 1 – 괴도 20가면 / 에도가와 란포 – 일본 추리소설의 아버지 에도가와 란포의 대표 시리즈, 그 첫 번째 이야기. 변신의 귀재 20가면, 명탐정 아케치 고고로, 소년탐정단이 펼치는 손에 땀을 쥐는 대결!

106. 에도가와 란포 소년탐정단 시리즈 2 – 소년탐정단 / 에도가와 란포 – 일본 추리소설의 아버지 에도가와 란포의 대표 시리즈, 그 두 번째 이야기. 용감하고 영리한 꼬마 조수 고바야시가 이끄는 소년탐정단의 통쾌한 활약!

107. 피그말리온 / 조지 버나드 쇼 – 뮤지컬과 영화 〈마이 페어 레이디〉의 원작. 냉철하고 현실적인 시각으로 계급, 교육, 결혼 등 영국 사회의 모순을 보여준 조지 버나드 쇼의 대표작.

108. 〈명작단편 번역강의 3〉 백설 공주 / 그림 형제 – 어렸을 때 글자를 익히면서 한 글자씩 떠듬떠듬 동화를 읽던 시절이 있을 것이다. 이번엔 번역 기술을 익히면서 한 문장씩 번역을 시도해보는 건 어떤가?

109. 키다리 아저씨 / 진 웹스터 – 고아원에서 자란 소녀 제루샤 애벗이 후원자 키다리 아저씨에게 쓴 달콤하고 가슴 설레는 연애편지

110. 〈명작단편 번역강의 4〉 잠자는 숲속의 공주 / 그림 형제 – 세계 명작 동화의 클래식, 그림 형제 동화를 영어와 한국어로 감상할 기회!

111. 망령의 골짜기 / 앰브로즈 비어스 – 19세기 미국 공포문학의 대표작가 앰브

로즈 비어스의 단편선. 공포만큼 인간 존재의 근간을 뒤흔드는 강렬한 감정은 없다!

112. 〈명작단편 번역강의 5〉헨젤과 그레텔 / 그림 형제 – 독일 전역에 퍼져 있던 민담과 전설을 모아 엮은 전 세계 어린이들이 가장 먼저 접하는 동화책

113. 에도가와 란포 소년탐정단 시리즈 3 – 요괴 박사 / 에도가와 란포 – 일본 추리소설의 아버지 에도가와 란포의 대표 시리즈, 그 세 번째 이야기. 명탐정 아케치 고고로와 괴도 20가면의 숨 막히는 추격전이 펼쳐진다.

114. 에도가와 란포 소년탐정단 시리즈 4 – 사라진 암호와 대금괴 / 에도가와 란포 – 일본 추리소설의 아버지 에도가와 란포의 대표 시리즈, 그 네 번째 이야기. 미야세 일가에 전해져 내려오는 수수께끼 암호를 해독하고 막대한 보물을 찾으러 떠나는 여정이 펼쳐진다.

115. 탐정 호무라 소로쿠 / 운노 주자 – 본격 과학 미스터리의 결정판! 어려운 사건도 척척 해결하는 과학 천재 호무라 탐정의 번득이는 추리!!

116. 〈명작단편 번역강의 6〉라푼젤 / 그림 형제 – 베테랑 번역가의 조언을 들으며 명작동화를 번역하는 묘미를 맛보자.

117. 하나님과 동행연습 / 로렌스 형제 – 하나님과 동행을 경험할 수 있는 쉽고 간단한 방법. 하나님이 주시는 기쁨과 즐거움을 맛보자.

118. 아니물라 / 피츠 제임스 오브라이언 – 천재 과학자의 광기어린 사랑. 19세기에 쓰였다고는 믿을 수 없는 신선하고 세련된 공상과학소설

119. 돌리틀 선생의 이야기 / 휴 로프팅 – 미국 아동문학상 수상. 돌리틀 선생이 동물들을 대하는 자세 그리고 동물들이 인간들에게 던지는 메시지

120. 스마트 브레인 / 아널드 베넷 – 많은 사람이 스마트 폰에 온종일 매달려 살아갑니다. 이제는 우리 두뇌를 스마트하게 가꾸어야 합니다.

121. 당신의 하트, 안녕하십니까 / 가지이 모토지로 – '천재는 단명'이라는, 진부하지만 설득력 있는 말! 작가로서의 삶은 짧아도 작품은 영원하다.

122. 도리안 그레이의 초상 / 오스카 와일드 – 외적인 아름다움에 함몰된 채 처참

하게 무너진 한 남자의 이야기

123. 고양이의 속내, 강아지의 사정 / 에디스 네스빗 - 〈모래요정 바람돌이〉의 원작자가 들려주는 우화. 고양이와 강아지가 직접 들려주는 그들의 이야기

124. 소크라테스의 변명 / 플라톤 - 소크라테스가 아테네 민주정치에 의해 어떻게 희생되었는지 그의 재판과정과 법정 변론을 통해 직접 확인해보자.

125. 설득 / 제인 오스틴 - 부자연스런 시작에서 비롯된 당연한 결과, 뒤늦었지만 절실한 사랑을 깨닫다.

126. 샤를 페로가 들려주는 프랑스 민담 / 샤를 페로 - 《잠자는 숲 속의 공주》 《신데렐라》 등 세계적으로 널리 알려진 샤를 페로의 명작 동화 단편선!

127. 역사를 바꾼 영웅들 / 스미스 번헴 - 세계의 시작부터 근대 미국에 이르기까지 영웅들과 함께 떠나는 시간여행!

128. 기담클럽 / 노무라 고도 - 미스터리, 판타지, 로맨스, 호러를 한 권에! 재미와 감동, 반전과 충격! 무섭도록 이상하고 놀랍도록 신비한 이야기.

129. 구름사다리를 타는 사나이 / 피터 B. 카인 - 자기계발 50만부 고전 베스트셀러, 신입사원 신분으로 상하이 지사장 자리에 오른 한 사나이의 이야기

130. 프랑켄슈타인 / 메리 셸리 - 새로운 프로메테우스, 창조한 자와 창조된 자! 이들이 그려내는 피 끓는 분노와 고뇌!

131. 잃어버린 대륙을 찾아서 / 에드거 라이스 버로스 - 〈타잔〉, 〈존 카터〉 시리즈의 저자의 숨겨진 SF. 시간이 멈춘 미지의 땅에서 펼치는 기묘한 모험

132. 죽은 자의 생환 / 윌리엄 윌키 콜린스 - 영어권 최초의 법정 스릴러물. 미국 오판 사례인 '보른 형제의 살인사건'을 모티브로 한 이야기

133. 〈명작단편 번역강의 7〉 황금새 / 그림 형제 - 명작 동화를 영한 대역으로 감상하며 직접 번역해 보는 즐거움까지!

134. 서양인의 손자병법 / 라이오널 자일스 - 영어와 전략, 두 마리 토끼를 잡고 싶은 직장인과 수험생을 위한 내 인생의 책

135. 이브의 일기 / 마크 트웨인 - 남녀 해설서의 원조. 인류 최초의 남과 여, 아

담과 이브의 일기. 그들은 무슨 생각을 했을까?

136. 정글북 / 러디어드 키플링 – 늑대 사이에서 자란 인간의 아이 모글리의 이야기로 유명하지만, 사실은 7편의 단편으로 이루어진 이야기 모음집

137. 마음 수업 / 윌리엄 조던 – 취업난, 천정부지로 치솟는 집값, 물가 상승 등의 사회적 압박으로 인해 연애와 결혼, 출산을 포기한 청년세대의 패기와 자신감을 일깨우는 수업 지침서

138. 에도가와 란포 소년탐정단 시리즈 5 – 청동의 마인 / 에도가와 란포 – 일본 추리소설의 아버지, 에도가와 란포의 대표 시리즈, 그 다섯 번째 이야기. 연기처럼 사라지는 청동 마인의 정체를 밝혀내려는 명탐정과 고바야시의 모험이 펼쳐진다.

139. 에도가와 란포 소년탐정단 시리즈 6 – 지하의 마술사 / 에도가와 란포 – 마법 박사로 변장한 괴도 20가면이 명탐정 아케치 고고로, 소년탐정단을 마술로 함정에 빠트리면서 흥미진진한 한판 승부가 벌어진다.

140. 에도가와 란포 소년탐정단 시리즈 7 – 투명 괴인 / 에도가와 란포 – 눈에 보이지 않는 괴상한 신사가 매일 사건을 일으켜 온 도시를 벌벌 떨게 만든다. 과연 아케치 탐정과 소년탐정단은 어떻게 투명 괴인을 상대할 것인가?

141. 에도가와 란포 소년탐정단 시리즈 8 – 괴기 40가면 / 에도가와 란포 – 명탐정 아케치 고고로의 영특한 소년 조수 고바야시와 괴도 40가면이 황금 해골을 둘러싸고 치열한 대결을 펼친다. 괴도 20가면은 어떻게 괴도 40가면으로 불리게 되었을까? 황금 해골에 숨겨진 진실은 무엇일까?

142. 에도가와 란포 소년탐정단 시리즈 10 – 철탑 왕국의 공포 / 에도가와 란포 – 기묘한 요술 망원경을 들고 나타난 흰 수염 할아버지와 거대 장수풍뎅이 군단에 맞서 싸우는 명탐정 아케치 고고로, 그리고 고바야시와의 두뇌 싸움을 그리고 있다.

143. 에도가와 란포 소년탐정단 시리즈 11 – 잿빛 거인 / 에도가와 란포 – 백화점, 보석상, 서커스, 고급 주택가 등 다양한 무대를 배경으로 신출귀몰한 괴도와

추격전을 벌인다. 잿빛 거인의 정체는 무엇일까?

144. 윌리엄 윌슨 / 에드거 앨런 포우 – 인간과 사회의 야만성과 부조리에 대한 천재 작가의 가슴 서늘한 이야기

145. 상식 / 토머스 페인 – 혁명기에 가장 선동적이고 유명한 팸플릿. 평범한 영국인의 글 한 편이 아메리카의 운명을 바꾸다.

146. 고대인 / 헨드릭 빌렘 반 룬 – 『인류 이야기』를 쓴 반 룬의 고대인 이야기. 초기 인류 문명의 탄생과 발전 과정을 알기 쉽게 보여준다.

147. 자살 클럽 / 로버트 루이스 스티븐슨 – 서정성과 공포가 공존하는 기묘한 모험추리소설! 런던과 파리를 무대로 흥미진진하게 펼쳐진다.

148. 안데르센의 선물상자 / 한스 크리스티안 안데르센 – 12가지 이야기를 읽는 동안 쌀쌀한 세상에서 꽁꽁 얼어붙었던 마음이 따뜻하게 녹을 것이다.

149. 각성 / 케이트 쇼팽 – 아내와 엄마가 아닌 자신으로 살고 싶었던 한 여인의 몸부림. 평범한 중산층 가정주부의 내면에서 일어나는 심리변화.

옮긴이

김은화

아주대학교에서 영어영문학과 불어불문학을 전공했고, 바른번역 글밥 아카데미를 수료했다. 저자의 뜻과 진심을 독자에게 전달하는 번역가가 되겠다는 목표로 열심히 번역 활동에 매진하고 있다. 옮긴 책으로 《꿈꾸는 월급쟁이》, 《이케아, 북유럽 스타일 경영을 말하다》, 《레고 시리어스 플레이 방법론》이 있다.

박진수

한양대학교 전자전기컴퓨터공학부 졸업.
바른번역 글밥 아카데미를 수료했다.

한글판 + 영문판

레이디 수잔

1쇄 발행 | 2016년 11월 14일

지은이 | 제인 오스틴
발행인 | 김명철
발행처 | 바른번역
디자인 | 서승연
출판등록 | 2009년 9월 11일 제313-2009-200호
주소 | 서울 마포구 어울마당로26 제일빌딩 5층
문의전화 | 070-4711-2241
전자우편 | glbabstory@naver.com

ISBN | 979-11-5727-101-6

정가 9,000원